老派约会
之必要

李维菁 / 著

北京联合出版公司
Beijing United Publishing Co.,Ltd.

图书在版编目（CIP）数据

老派约会之必要 / 李维菁著. -- 北京 ：北京联合
出版公司，2024. 8. --（九读·新浪潮）. -- ISBN
978 - 7 - 5596 - 7886 - 7

Ⅰ. I247.7

中国国家版本馆CIP数据核字第2024BR5326号

北京市版权局著作权合同登记号　图字：01-2024-4468号

老派约会之必要

作　　者：李维菁

出 品 人：赵红仕

策划机构：九　读

责任编辑：管　文

特约编辑：刘苑莹

装帧设计：张　苗

北京联合出版公司出版
（北京市西城区德外大街83号楼9层　100088）
北京联合天畅文化传播公司发行
上海盛通时代印刷有限公司印刷　新华书店经销
字数144千字　889毫米×1240毫米　1/32　7印张
2024年8月第1版　2024年8月第1次印刷
ISBN 978-7-5596-7886-7
定价：54.00元

序
老派爱情的挽歌

李维菁极聪明，聪明到不适合做个记者。笨人当然也干不成好记者，不过记者需要的，毕竟是一种对于人家在想什么、为什么这样想的强烈好奇，而不是像李维菁这样的冰雪聪明。

李维菁自己明白：多年担任艺文记者，为的主要是艺文，不是记者工作。她会一出手写"少女学"，写《我是许凉凉》，立即获致令人惊艳的成绩，那是因为她骨子里，早就藏着写小说的天性。

很难想象，读过李维菁的小说，谁还敢接受她采访，至少我不敢，也很庆幸我不需要。她一面听你回答问题，心底必然一下子就一层层看透了你之所以这样说，背后的显意识、潜意识转着什么念头。更可怕的是，她具备充沛的想象力，亮亮的眼睛盯着，不言而喻正在给自己编织着你的人生，而且若是她愿意说，你八成会听得背脊发凉，倒不是说她真有如巫婆般揭示命运秘密的本事，而是她的想象会和你的人生现实产生特殊的呼应关联，夸张、戏剧性地凸显了你不得不惊怵承认的某种悲哀、某种天真、某种不堪。

是的，悲哀、天真与不堪，三者之间的复杂联结，是李维菁小说中彰示的独特视野，也是她对都市环境的尖刻洞见。更特别的，李维菁的视野与洞见，从来不会只是拿来分析、描绘别人的，而是灵巧地在人我之间反复穿梭来回，因而她的小说和她的散文没有那种明确的主客观感受界限，给人相当类似、一致的阅读印象。

被选为书名的"老派约会之必要"，既是小说，也是散文。里面当然展现了一份怀旧的天真，然而那以"必要"出之的口气，却巧妙地表达了其他意味——视之为小说，是嘲讽；视之为散文，则是无奈的自我解嘲。在表面充满期待和希望的文字背后，始终隐约闪烁着对应现实的不堪及明知期待和希望之空洞无根的悲哀。

用了诸多浪漫爱情套语，李维菁写的却是浪漫爱情冷酷的都市变形。今天的都市很显然不再是，至少不完全是，现代主义试图捕捉、刻画的那种变形方式了。不是因为都市生活太过忙碌、拥挤、疏离，带来人际虚伪与空洞。今天的都市最大的问题是：人活在太多太饱满的信息里，不管愿不愿意，每个人身上就是有着太多从外面吸收进来的影视经验，被这些经过广告、影剧强化过的形象，影响、干扰了实际的自我感受。在某种意义上，李维菁写的，正是"老派爱情的终极挽歌"。那种和对面这个人，老老实实、确确实实谈恋爱的可能性，彻底消失了。

现代都市男女，无法不透过各种信息中介，单纯、直接地感受爱情，感受自己可能的爱情对象。在爱情有任何机会开始之前，已经先有了许多年爱情戏剧性的反复洗礼。进入各种关系，尤其是爱情关系，人不由自主地带着多重多焦的心灵之镜，回看自己也前看对方。

社会上流行什么，都在我们的心灵之镜上多加一层屈光，或多一个焦点，因而我们看到的自己、对方与关系本身，随时变动不居；变化的核心力量，根本不再是两人中的哪一个，而是无所不在地包围他们的社会流行信息。

这种情况发展好些年了，至今我们才等到李维菁找到一种狡狯而冷酷，甚至带些凶残的笔法来写这样的新时代爱情。透过李维菁的书写，我们意识到：是的，唯有借这份狡狯、冷酷与凶残，才能刺穿累积的符号、影像、借口、逃避、自我欺瞒，于是吊诡地，狡狯、冷酷与凶残反而是通往诚实，保留一点真切温暖，迂回却最有效的路径。

从《我是许凉凉》到《老派约会之必要》，没有人会怀疑李维菁写出自成一格小说的能力，启人疑窦的反而是：为什么要花这么久的时间，聪明的李维菁才终于认清了自己最适合扮演的角色呢？

目　录

辑二

小小诗

辑三

小小人

辑一

小　　小　　说

Track 01

正室脸与小三脸

你长了一张正室脸还是小三脸？

什么？那群熟女生问我，不就是正室跟小三吗？我跟一桌贵妇及伪贵妇坐着，只有我单身，换句话说，我坐在一群正室中间。我们年纪相仿，多年朋友，过了某一年纪，以前彼此讨厌的女生也会彼此怜惜。

我说的是外表。有的正室长了小三脸，小三长了正室脸。

像是，一位嫁给有忧郁眼神的影帝、刚得到影后的女星，正室没错，但怎样看都觉得有张小三脸。百货时尚名媛，出身有钱，又早早嫁入有钱人家生了孩子，宛如台湾好命女性样板，但那脸蛋和眼神明明小三气极重。还有，你一定知道的，稳当的小三有张温柔婉约的正室脸。

所有的正室都突然沉默下来。

有张性格美轮廓深的脸、开了设计公司的小琪说："我是正室脸，绝对没错。"

她说："很简单，瓜子脸是小三脸，大饼脸是正室脸。"

兰儿是贵妇，可她看起来一点也不符合人们对贵妇的期待。她住在我一生不吃不喝也买不起的高级地段，老公每天忙碌，她专职伺候小孩，不愿太常出门与朋友聊天浪费时间，从年轻就不把钱花在花俏衣物上，总穿朴实的休闲服。兰儿说："我一定是正室啊……"

她老觉得自己不好看，她觉得小三会放电，耍手段。

从小爱漂亮并且觉得自己漂亮的迪迪，一心想当贵妇，打扮得最像贵妇，嫁得平顺，想得不多，连烦恼都单纯，但充满自信，对脑子与外表都如此。

她觉得自己是看起来最像贵妇的上班族妇女，是委屈也是自信。她有优美的胸腰臀，勤做保养与激光。

"一看就知道我是正室啊……"她撩了撩剪得层次细致的长发，"没办法啊，我老公只是过得去，可是，我长得就是会让人误会啊，我同事都说我看起来就是贵妇，就是在家里头养尊处优、有用人伺候的那种，谁懂得我的辛苦啊，谁叫我长得就是这样哪！"

只有身为时尚主编的南南，老公经商，明明是正室，她却稳重但小小声地说："我想，我有一张小三脸。"

她的话引起其他正室不悦，因为身为正室就要理直气壮，而这位正室却政治不正确地觉得自己有小三脸。这代表，她的认同有问题。

我默默看着她，一个正室说自己长了小三脸，只有一个原因，她吃过感情的苦。

我坐在这群正室里，有种仓皇感。年轻时我太骄傲，现在，她们都结了婚，我仍然单身，我的骄傲变得不那样刺眼。当她们聊着老公孩子，我识相地闭嘴点头。我也不知道自己哪里出了问题，朋友或早或晚成了正室，我一个人荡来荡去。

我也不免想，我的脸是不是造成了什么错觉，她们是怎么看我的呢？

"我……"才开口就知道不智的提问一定会招来不妙的回答。

小琪仿佛心电感应似的，指着我："你，小三脸。"她张开手掌比画着我的脸："显然你不是大饼脸。"

虚荣心与挫折感交替如同海浪包围着我。

兰儿咯咯地笑，上下打量着："嗯，是张小三脸，你敢说你不会放电吗？"

虚荣心与挫折感再度混合在一起。

南南揪着我，回头对这批正室严正地说："她不是小三脸。"

"她的不给碰从里到外十分坚固地成为气质了，偶尔漏电也不可能有人真以为她可以碰，怎么可能是小三？"

南南说："既然不能归到小三，就只能归到正室这边了。"

虚荣心与挫折感继续交替发作，只是这一次我有点想哭了。

"屁！她怎么可能是小三脸！"迪迪突然站起来指着我，态势之猛烈使我不免怀疑之中有没有恨意。她啪啪啪炸了起来："她的问题是额头上写了'聪明'两个字。有哪个正常男人会找额头上写着'聪明'的女人当小三？谁会给自己找麻烦，搞不定又甩不了！不——可——能！"

我太要脸，硬是要逗她："所以是正室脸？"

"你也不可能是正室脸！"迪迪继续扫射全场，意气风发、权威十足，"正常男人不找聪明女人当小三，又怎么会找聪明女人当正室？"

我真的很聪明："那就是非常聪明的男人，比正常男人聪明的？"

"你真是见鬼了！"迪迪的脸蛋因演说激动而泛红，"连正常男人都不想要聪明女人，非常聪明的男人又怎么会要聪明女人！你就这样吧你！"

她的激动让整场陷入尴尬，不知是谁干干地试着大笑来解围。

突然之间，金黄天光降临并笼罩了我，刚刚那一阵轮流袭击的虚荣心与挫折感都消失了，一股温暖的神启从我的脚底蹿升到脑子。我往后靠向椅背，带着崭新的觉醒与趣味，盯着眼前漂亮的脸及那背后专属于女孩的、我从小就搞不清楚是复杂还是单纯的整坨东西，眯起了眼，绽开了笑容。

这就是正室脑吧。

死了都要唱

　　狂唱几小时后的 KTV 小包厢里，我看到的不是用尽气力后的昏乱疲乏，而是一种几近屠杀过后的恍惚。暴怒癫狂之后的狂喜，狂喜之后的恍惚，恍惚之后的逾越。一种宗教与药物才能带来的出神。

　　每当一阵子沉寂后，身边的女孩失恋或男孩低潮无望，我们使使眼色，有默契地说：“该唱歌了吧。”然后开始一整夜在 KTV 包厢中的声嘶力竭，痛彻心扉。

　　流行歌曲最有趣的是，每一首歌都不能完全描绘你的遭遇，但每一首歌都可以让人投射大分量情绪认同。方便也快速，这是一种情感上的放血与刮痧。那些没人能了解的孤单，遭到背叛的痛楚，人生没有明天的绝境，再努力也无法百尺竿头更进一步的窝囊。那流行歌，神奇地，在差异中找到一个情绪上的最大公约数。

　　于是，那些硬撑与面子，在狂乱之中解放崩溃，唱到泪眼婆娑。一个哭了，传染病一样地，一个接着一个，哭了，叫了，喊了。在啤酒、旋律与歌词中，有着不同悲伤的人，流着相似的眼泪，脸上产生类似的表情，我一度以为每人怀的是同样的痛苦，那面目如此相像。

　　呐喊到天亮，吸血鬼躲太阳，我们躲回被窝，有某种虚脱后的安定。

我知道社会学家怎么说的。詹姆森、阿多诺、鲍德里亚这些研究大众文化的老头，他们批评流行音乐，说这是快速廉价的催眠，鼓励人们求同，阻绝求异。流行歌曲将思想与情感化约成快速可归类的商品抽屉，阻绝人们往内探究，防止人们深化彼此差异，因此人们无法发展自我独特的认知，无从建构生命的意义。这些流行歌曲，终究是要人们化约成同一个面目，乃至于我们都成为符合消费阴谋的弱智团块。

他们批判的，我都懂。但我为什么要抗拒？我为什么要抗拒成为弱智团块的一部分？求异了以后，人生怎么过下去？

流行歌曲向我们揭示的是重要生存法则——千万不要把自己的生活困境，放到宗教或哲学的命题上思考。

不过是小小的失恋，不过是小小的失业，不过是小小的无力。所有人都怕你发现，这些小小的失恋、失业与无力，正是宗教与哲学的命题；这些小小的挫败，指涉的是真正的绝望，那是生活毫无意义的一再重复，那是面对局限无计可施的彷徨，那是明天跟今天不会有什么不同的愤怒。

一旦人们发现，天下就乱了。

因为，一旦绝望，便会思考人生的意义，便会往痛苦去，往黑暗去，往人性深处去，然后遭遇无可逆转的悲剧与问天的锥心。你只有两条路走，一是自杀，二是造反，那种造反可能是向雇主、政府或是向上帝的造反。

因此我们要唱歌，扭腰摆臀，风情万种，声嘶力竭，泪流满面。

这样很好，得到安慰不至于寻死，不至于痛苦到思考生命的意义。失恋是对方劈腿，不是爱情的本质。失业是运气不好，不是资本主义的荒谬。无力是因为疲累，不是人怎么可能胜天。

流行歌曲是民主的基石，生活的准则，爱情的休息站。

我们累了，瘫了，满脸肮脏泪痕，东倒西歪，男孩咬着酒瓶双眼发直，女孩声音沙哑还看着歌词喃喃自语，也总会有一个体力好的，唱了八个小时还保持着玩命自残式亢奋的女孩，在大家躺平的时候，还握着麦克风蹦蹦跳跳，唱到永远。

Track 03
相亲

姨妈参加完同学会之后闷了起来，六十好几的女人同学会，不知道出了什么事情。隔了几天后她不带气，说在同学会中见到她与姨丈的媒人，同班同学。两人在读书的时候是手帕之交，适婚年纪时，同学告诉一直没有男友的姨妈，要帮她介绍。那次相亲，姨妈因此有了姨丈。

后来媒人移民加拿大，嫁得很好，二十几年后，媒人离婚，身边有钱，过得比没离婚更快乐。

那次同学会便是为了欢迎媒人离婚回台湾举办的。一群老太太聊天，媒人聊起当年，对姨妈说："当初帮你安排相亲，谁知道你还真看上了对方，还嫁给他。你知道那人虽长得俊，但是穷，其他条件也一般。不过，缘分嘛，你就真的看对眼了。"

姨妈一听，几十年的姐妹情谊在肚里翻搅，全成了酸馊。震荡稍微平抚，她不禁质问那媒人："你觉得他又穷又普通，为什么安排他跟我相亲？"

那媒人笑嘻嘻的，天经地义什么波澜也没有似的说："我怎知道你竟看得上他？"又别过头去与别人讨论房地产及装修。

姨丈后来做生意变有钱，姨妈应该不委屈，但那好姐妹的言语与心思的曲折，让姨妈生了一点恨。但那恨的对象是谁又很难具体，长年以来对姐妹情谊的怀疑终于成真。还有，想到四十年前如果没嫁给姨丈以及衍生出来的其他可能性，说恨却不知道要恨上谁，闷了。

姨妈接着也没说什么，我吃了几块蛋糕，不知道要怎样让她好过一点。她毕竟大方，撑了撑脸色，喝了茶，神色松了："你以后挑衣服别听其他女孩的意见了，你喜欢哪件就哪件，人家说穿别套好看，你不要理。"

我咧嘴大笑，点头。我知道她说什么，但这种事情真的没办法讨论，冷眉狎玩，别无他法。

我的朋友总经理夫人看到身边哥们儿失恋，身边又刚巧有位可爱女孩单身，在我们的鼓噪之下，安排两人相亲。总经理夫人喜欢当主角，撮合朋友，功劳又在自己身上，何乐而不为。尤其那男生是每天围在她身边打转、弟弟一样的人。

相亲当场，男孩与女孩天雷勾动地火。

总经理夫人心理有了微妙变化，从热心做媒到不置可否，然后，她开始向女孩批评男孩性格的软弱不可靠，告诉女孩那男孩的情史。女孩与男孩怄气时，总经理夫人要她好好考虑这段关系。

不过，男孩与女孩最后还是结婚了。总经理夫人错愕一阵后，大家吃饭讨论要穿什么参加婚礼，她撇撇嘴："有必要为这种事情大费周章地打扮吗？"

我失联许久的大学同学去年找到我，便立刻热心帮我安排相亲。我整场呆呆看着那男生穿着的亮橘天蓝白色相间条纹保罗衫。事后其他同学追问下文，我说没有，他们起哄要那媒人打听男方意思。

我忍着一肚子鬼话但没法子公开说，却只见那媒人吊起了嗓："哎哟我做媒不专业嘛，男人要真看对眼了怎么会不主动。"她瞟了瞟我，唱起戏来："我说啊那男生条件好又帅气，也不是那么容易看得上普通女生的……"

那天晚上我跟狐群狗党作乐，肚子里的鬼话终于爆出来了。

狐群狗党要我说实话，对那帅气的相亲男有没有好感。

"他超可爱的！"我大力点头，"不过，依我多年跟你们打混的经验判断，他不喜欢女生，而且他目前正处在一段稳定的关系之中。"

"那个介绍人不知道吗？"

我捧着酒瓶笑倒在一只大熊身上，摇摇头乐得很："不重要，真的不重要。"

婴

她把手夹在腿中间，蜷缩在阴暗的床上扭动，我听到她的喘气，忽大忽小。她停下来，犹豫是否继续，她又试了一下，终于放弃。她翻过身，看着天花板，呜咽起来。

我几乎要同情她了，不，她自找的。这些年来，如果她有片刻注意到我的存在，如果她有一点思念我，如果她有刹那爱过我，我也许会同情她。

我就在她身边，十几年了，这么许久，她为那些对她不屑一顾的人寻死，却对紧紧相随的我视而不见。

像现在，我在床边端详她的脸，她却自私地只为自己哭泣，没看见我。

她毕竟老了，生出了白发，牙齿黄了，大腿与臀部肥腻的脂肪扩张，皮肤表层裂出斑斑纹路，走路的时候背微驼。她年轻时围在身边的人都离开了，她心里头没个计算，把心穿在袖子上，谁都可以见到她的软弱，你露了底就没人尊敬疼惜。她没在漂亮的时候跟了人，错失了人生自己又没个盘算。

我这些年跟着她，初始是好奇与报复，然而她逐渐哀伤得让我也难受难耐。

我也想过放手让她走，我也曾希望她幸福，但愿她未来有宽阔的天空。我更常幻想，如果我能长大，现在的我是个俊朗少女，我们会多么相爱。

如果我有机会长大的话，那个男人是我的父亲吧。

我从她的身体里像脏物一样排出，看见她双脚打开在手术台上，全身麻醉不省人事。那男人走进手术室，坐在她身边掉泪。她动也不动，让他疑心她是不是死了，他动手拍打她的脸，怎样都没反应。她醒来后他帮她穿好衣衫，领了药回去。

不过那男人的愧疚就仅止于那几滴眼泪了。

那男人不知廉耻地对她说，其实小孩有了生下来就养了，你又何必如此。她一生委曲求全，那时却生出理智，决计不肯留我。他们毕竟因缘一场，她心里比谁都了解那男人的龌龊肮脏。她知道她不走那男人会剥削她一生。她术后回诊，那男人推托说忙，要她自己去，此后就当她独立自主了。

那时候她好年轻，她救了她自己，放弃了我。

她恐惧的不只是男人。

她母亲在她青春期的时候，每天检查她的内裤，指控她下流勾搭，从洗衣篮里找出她沾着秽物的内裤，夜夜到房里辱骂，丢到她脸上。那时她根本不懂男女之事，身体长着新鲜初萌的欲望，却因每天羞辱贬抑建立起克制和自保的机制，对于身体充满羞愧，对欲望充满罪恶。

家是什么？叠了泥墙圈起业障，便说不离不弃，往后的人生，她几次想要归属，念头一生她便想杀了自己。

她不想被谁虐待了。

没有谁像我这样懂她爱她的。她都不知道。

我好几次伸手护持她，她傻傻的，不懂怎样保护自己。

像是她从深夜的酒馆走出，喝得烂醉的那一次，一个肥胖男人强拖住她，她满脸是泪却无力反抗。是我让那男人在阶梯上踩空，直向前摔，鼻子断了，脸上青肿。他半年后见到她像见鬼似的。还有那个老是四处中伤她的尖刻女人，瘦小扁薄的身体却对她怀着火烧的嫉妒与恨意，她却浑然不知。是我，是我让那一张吹火嘴的坏女人长了脓疮，怎样也治不好。

这阵子她突然在地铁上望着白胖小男孩傻笑掉泪。她终于想孩子了吗？她还没认识我就想要别人了吗？

我们再给彼此一次机会好吗？我们重新开始。

我下定决心今晚现身，对她表白。

我可以预见她的命运。她会在夏天遇到一个男人，如果她愿意的话，他们可以共度未来。他们的情感比较像是同样受过伤的两人，意气相投、彼此理解地度过余生。他会照顾她，他们安心陪伴对方养好伤。

请你再生我一次，让我进入你的身体。

这次你会认得我，我的右眼角下有颗深蓝色的痣。

我会走进清晨天亮的阳光，在淡金色的晨雾中等待召唤和许诺。

我预见她先死，而他会哀伤并且终于意识到爱情，抚养我长大。

毕竟，只有被生出的小孩才能在墓志铭上留言。

请别哀伤，请让我爱你。

水痘

　　她的裸体上面都是水痘，发得到处都是，颈肩后背还有前胸，绕着乳房周围全是密密麻麻的结痂黑点，像是爬满下蛊的甲虫，下腹与腿倒还好，只有零星几点散在短短的阴毛周围。她长满了水痘的诡异身体，他仍想要，他对自己的坚硬莫名其妙。

　　她趴在枕头上，双眼紧闭，细瘦的四肢摊开在这个密室小房间里，身体平静没有起伏。他不确定她是不是睡着了。

　　他考虑着要怎样杀她。紧握住她的脖子，看她双眼突睁面色涨红，挣扎扭转排泄物喷流。或者，用身下的枕头狠狠压住她。他不爱她了，但他没办法离开她，他觉得只要她还在，他的人生就没有一点希望，永远摆脱不了被什么牵制的愤怒和绝望。

　　他想起昨天下午与妻子的性交，妻子因长年登山锻炼出的厚实骨盆肌肉与大腿，紧紧盘住他。他的妻子想知道女孩与他见面时是不是穿黄色洋装，想知道女孩最近心情好不好，在画画上有什么新的进展，在某部妻子喜欢的电影里，妻子想知道女孩是不是在同一个情节大笑。

　　不知道从什么时候开始，他的妻子，对女孩从最初的愤怒，变成执着与迷恋。妻子渴望女孩新剪的发型，妻子默默去画廊看女孩的新作发表，妻子想知道女孩手指指甲的形状是长是圆，想知道她指甲油的颜色。

他的妻子因女孩的细节而亢奋，特别想要他。他感到妻子爱上女孩，他怀疑妻子与他性交是为了间接与女孩性交。他如果丢弃了女孩，他的妻子会失落，并且对他感到失望。他开始憎恨女孩，嫌恶那女孩总是百无聊赖的神情，但他与妻子被她控制，女孩像个不愉快的吸盘。

他从虚荣、试探，转成无奈、无助。他的生活仿佛被女孩的身体包覆，湿湿的汗气无所不在，走到哪里都嗅得到。他不爱她了，他看着床上的女孩身上一点一点的水痘，眼眶突然有点酸。究竟什么时候开始不爱了，也许只是忘了自己还爱，他这么希望她死去。

她翻转身来，眯着眼睛看他，不知怎的她知道他的杀意，像动物面临杀机的本能感应。她几乎与他同时流下眼泪。

人生真是不得安稳，这男人也辜负她的期望。

她看着男人肥胖的胸腹，她从一开始就知道他无能软弱，中年了却承担不了一点这世界的重量。这废物一样的男人哪，身体与心理都虚胖肥软。

她抬起小腿，抓了抓水痘结痂的痒。

她记得她以前的短命丈夫，她对他说去旅行，她对他说周四公园见。她穿了米色风衣，吃手上的甜筒，亲吻彼此，手牵手登记成为夫妻。

晚上他们在野地小屋一起喝酒，就着浅浅的皮雅芙歌声依偎。

他从浴室出来后，她翻身跨坐在他身上，问他小时候的梦想是什么。

飞行员，他说。

她怔怔看他，有一点柔情，然后起身换她去浴室。

她在浴室蒸汽中听见他的惨烈呼号，她知道他喝掉了她刚刚留在床边的威士忌，她加了东西进去。

她湿湿地从浴室走出来，看到上午新婚的丈夫扭曲着歪在地上。她打开窗，听了歌，打开他的皮夹，拿走现金，开走了车。

她现在看着另一个男人。她不愿为恶，但她太明白寻常男人的残暴永无止境。那男人现在还会纠葛，是因为无能，不是因为一点爱的纯真。这让她失望，非常失望。

她翻身跨坐上男人的时候，他就开始恐惧了。

她感受到他的身体在下面起了变化，原本的坚硬变得彷徨，抓着她乳房的手转而抗拒和挣扎。她对他笑，摇晃自己的身体，弯腰咬他的嘴。

她把插入男人心脏的刀片奋力往下推到底，血喷溅如花火。每次的屠杀都如此，狂乱之后的出神，出神之后的恍惚。她听见骨头与肌肉爆裂分离的声音。

她看着手掌中繁乱细密的纹路，血液在其中流动成沟渠。

她全身的水痘，此时全部发作，惊天动地地痒了起来。

艺术家的妻子

艺术家指着他这一年来的心血结晶，新作系列是抽象纠结的符号及神秘莫名的经文。他痛苦地说，这是他婚变一年以来的痛苦心境。

"她难道不知道，她走了，我的日子没有办法过下去吗？"艺术家说，"这么多年来，我生活上是白痴，一切一切，都是她打理。"艺术家说，"我不会煮饭，三餐是她做的，我不知道衣服放哪儿，每天都是她拿给我，我不知道酱油、剪刀在哪里，我展览的行政都是她联系，我不知道怎么用洗衣机，我不知道垃圾怎样分类……"

艺术家快哭出来似的："你知道吗，我的扣子掉了，我不知道怎样缝扣子，她以前都帮我缝好，我根本……不知道怎样缝扣子……"

我终于弄懂，看着他："所以呢？"

他激动中还是露出一种"难道你是白痴"的不屑："你听不懂吗？我说我连扣子都不知道怎么缝，而她竟然离开我……"

我喉咙紧了起来："你不知道怎样缝扣子，关她屁事？"

他又露出"上帝救我"的表情："我生活上的一切都是靠她，她竟然离开我！"

我牙咬得更紧了："她帮你烧饭，帮你洗衣服，帮你倒垃圾，帮你联系展览。她离开，你很痛苦，像狗一样号。她像女佣及助理，还得跟你上床，你为她做了什么？"

他表现出殉道者的释然："她为我做生活上的一切，可我给她的，是更高贵的，是精神上的食粮，是灵魂的东西。"

我觉得我一开口就会奋不顾身地冲上去揍他。

"她离开我说要寻找心灵上的平静，于是到美国去念书。我试过挽回，我买了机票去美国找她。我上飞机前打电话给她，她叫我不要去，但我至少要再给她一次机会。我叫她去机场接我，因为我一句英文也不会，要不然我根本不知道怎么到她家。"

我瞪着他。

"她来接我，可竟然给我脸色看。我一下飞机就肚子饿，因为没人煮饭给我吃，又一直为了她痛苦，上飞机什么都没吃。到了机场，我看到她的脸色就凉了半截，但我跟她说我好饿，于是在机场餐厅先吃东西。我吃不惯西餐，要点一碗面，服务生拿菜单给我，她竟然不管我，难道要我自己点餐？！你知道我的心情吗？"

我还是瞪着他。

"我点了一碗面，吃得悲愤莫名，吃完面后，我决定再也不要忍受这一切，我决定要回台湾。"

我开口了："然后呢？"

艺术家说："我当场就买了机票回台湾。"

我从鼻子哼出："所以你飞到美国，在机场吃了碗面，当场又买机票回台湾？"

艺术家说："她态度太恶劣了，我这样费尽千辛万苦地挽回！"

"我看透了，这一年你不知道我过什么样的日子，我只能投入奥修，探索心灵，重新建立自我，把痛苦化成艺术。你知道吗，我连扣子都不知道怎么缝……"

我像马一样嘶嘶低吼："你这个王八蛋！"

艺术家十分受伤："我就知道你们普通人不会懂的。"

我连珠炮似的说："你不会煮饭就买外带，你不会垃圾分类就放着烂，你不知道行政怎么做，就花钱请助理。"

我对艺术家爆粗口："你他妈的不知道怎么缝扣子就学着缝，再不然就买魔术贴的衣服或穿 T 恤啊你！"

我暴怒后艺术家突然冷静了，摆出疏离哀伤的脸："你不可能懂的。"

我跌回沙发椅，自己也傻了起来。

僵持几分钟后，我摸摸鼻子："我要走了。"

我背起包包，吸了口气，走出展场，刚刚在一旁目睹的画廊行政小姐跟着我走出来。

她说："艺术家跟一般人不一样，你不懂他其实很正常的。"

我火又上来了，转头盯着她，微卷的长发、做梦的眼神及害怕冲突的焦虑，我觉得我看到了艺术家的下一个妻子。

我对她恶狠狠地骂："你闭嘴！"

和尚

在柏林，那个和尚又来找我，像多年前一样。他悄悄靠近我的睡床，弯下身，咬掉我的耳朵。

我睁开眼睛，他静静地回望我，把他嘴里咬着的耳朵，咀嚼着吞了下去。

和尚很多年没来找我了。

他在我年少的一段时间几乎夜夜来我梦中，他从来不说话，只是静静地看着我，好似他的存在以及他眼里盛满的怨怼哀伤，就只封存在我梦里与他的眼睛里。

他刚来的时候我错愕，这样绵密的哀愁，让我觉得难挨沉重。不知道前世辜负了什么或是招惹了什么，他要这样夜夜来见我，且怨恨到不言不语，动也不动，就是看我。有时候他背后大火在烧，他也不管那暗黑燎原，就是静静看我；有时候背后是灰蓝的旋涡丛林。

后来我就习惯他来了。

那已经变成我每夜每夜的习题，只要入睡便与他相见。只要入夜就与他对望。但我从来不知道他的哀愁遗憾是为了什么。

有次梦中出现山野之中的整排公厕。我开了第一间找他，没人，只有灰白的瓷砖扑扑沉沉；第二间厕所，没人，全是屎粪沾惹着脏污；第三间厕所仍然没人，女人的经血抹得一地。和尚在第四间，我开了门，他正在绝望地等我。

那次我终于怔怔地望着他掉泪。

他的眉眼，浓烈到根本没有僧侣常见的淡薄清寡，也不见出家人偶有的狡猾闪躲。他的五官根本就是与尘世纠结太深却莫名地突然断裂，导致所有的激切情感瞬间封存在眼里，仍然狠着动着，却怎样也流不到他的眼睛或我的梦境之外。

他无从转世，也仍对过去困惑，想要解答过多的纠结，却因执着而进出不了别的时空，于是他便附着在我梦里。

有一次我气了倦了，问他，你到底要什么呢？你到底想从我身上拿什么呢？你要什么你就拿走好了，我的内脏我的皮肤我欠你的我都给你。

和尚依旧沉默。他不愿与我对视，怄气似的。

他再出现的时候却成了敏捷决绝的人，他跳落在我面前，翻手拿起匕首就要刺，不管我怎样奔跑躲藏，他总能追上并几度要把刀刺进我的身体内。最后，我看见他滑顺地、直直地将刀刺进我的心脏，我的背被他抵在墙上，那是我卧房外的阳台。

然后和尚就消失了。这十几年间他再也没有来过。

去柏林前我因躁郁痛哭，渴望我要不到的，憎恨苟活于廉价酸臭的爱情欲望中。心脏当年被和尚刺进去的地方疼痛出血。我哭泣的周日下午，满城死尸腥臭，毒气弥漫，活人撤离，我呼不出求救，活命僵尸很快就要来袭。

我想要在蛮荒征战中，自以为是地行云流水地踏踏走过。

我也不断地质疑自己，是不是错过把一切亲手毁掉或重新开始的时机了？

　　我期待残虐暴力的交融相许，我在临终之际多有遗憾。

　　白天我仍然是正常愉悦能干的，在铺排好的轨道上行驶。我对爱情的那一点困惑已经逐渐冷静了，可是我记得气力渐失的感觉，身体的核心里还有一点什么执着与顽强。但我知道死无对证。

　　于是和尚又来了。他吃我的耳朵。静静地默默地长长地如同我少年时代那般地看我。

　　我掀开棉被，坐起身来，一刀就利落切断我的整只手掌给他。伤口剖面没有渗血，银蓝的血管组织干净得如同初制的鲜嫩标本。这次，换我将深深的哀愁回送他，这次，换我将我长大过程中那些遭到遗弃的、瞬间断裂的激切，回送给和尚，把我的纠缠瞬间封存在他眼里。

　　我听见整个旅馆房间滴滴地响，每面墙都汩汩渗水了。

有情无义

我决定此后今生当婊子了。亮亮坐下来之后这样说，义薄云天。

婊子？我问他。

婊子有情无义，戏子有义无情，他说，亲爱的，我们一起当婊子吧。

真是见鬼了，我骂他。

停了两分钟后，我听懂了，傻傻看着他，心酸着。

这是演化后的人种了。

传统是这样说的，婊子无情，戏子无义。指的应是婊子可以跟很多人在一起，必定是没有真感情的；戏子可以扮演各种角色，要什么他便给你什么形貌，没有真正的义理分寸。

亮亮谈到的，是演化后的婊子观了。这种婊子，原本有颗少女心，为了纯粹的爱情疯狂走天涯，与世界为敌。有一天，她发现纯粹的爱情并不存在，对爱的单纯期望与执迷追寻换来的是羞辱与背叛。看穿了，与世界为敌的恨意还在，爱的失落怨毒还积着，然而因失望，游戏、穿梭起来，优雅了。过去为爱奋不顾身的所有力气，其实只要拿出其中一点点，百分之一不到的，便可轻松玩弄这无爱世界了。

婊子因为用情至深，乃至看轻看穿那些礼义分寸都是骗人，都是谎言，都是杀人武器，因此无义。

婊子松子。令人讨厌的松子的一生。

如果松子是你的邻居或阿姨，你也会被她的粗鲁肮脏吓到拔腿狂奔，生怕被她身上的臭气沾上。一直爱一直遭背叛，杀了人，吸了毒，入了狱，等待、守候，愿望落空，同样的事做了好多次，反复地爱了拼命了受辱了落空了。

终于她搬入荒废的公寓，没办法相信任何人，没办法相信爱情却也没办法真正遗忘。她乱丢垃圾，在夜里大声喊叫，蓬头垢面，成了令人讨厌的松子。

十三年后松子巧遇女性朋友，朋友递给她一张名片，希望松子接受她的帮助，重新开始。松子自暴自弃自惭形秽，把名片扔在公园。晚上，松子在长年的自弃中，第一次兴起也许可以重新再来的念头，回到公园寻找那张名片，那是她人生中唯一感受到的一点点善意。松子那天晚上在公园里，被不良少年活活用棍棒打死。天上还挂着满满满满的星星。

婊子不一定要过成松子这样的。很多人后来都很好，那些贤明的家庭主妇，事业有所表现的女强人。辛苦点的成了曹七巧、葛薇龙，成了《欲望号街车》的白兰琪，包法利夫人，还有安娜·卡列妮娜；幸运点的，老天明鉴有了范柳原的白流苏；老了点的，《罗马之春》里头，情人离去，将钥匙串丢给在门外守候着的小男生的费雯·丽。

戏子呢？我问亮亮。

他说了个故事给我听。

有个拼命想当戏子的女人上了台，硬是要唱，硬是要人家给她鼓掌。她老公不爱她硬是要唱，她家里的汤都要炖干了，她排除异己就是要唱。街坊邻居都让她唱了，她还硬要人家鼓掌。人家鼓掌她还去烧香拜佛，要大家一辈子都为她鼓掌。然后她家失火了。

她家失火她照唱，她怪邻居不帮她浇水。她老公偷吃她照唱，唱了顺便哭诉可怜。结果，时间一到邻居都回家吃晚饭去了。

婊子因为用情至深，无法面面俱到一般性人际关系与义气礼仪；戏子想的是顾全局，撑局面，因为舞台太神圣，过河拆桥完成信仰唱出大戏是必须的。婊子的漂漂亮亮是虚无，她的动力不过是让情人上京赶考，高贵痴愚，戏子对自己的理念总是坚忍的。

亮亮说，洗澡的时候他明白了，戏子常把大家弄哭之后自己笑了，婊子把别人全弄笑了，自己哭了。

Track 09

玛丽先生

同样是养大别人的孩子，传统京剧里的戏码是《三娘教子》，寺山修司敬你一个《毛皮玛丽》。

明代儒生薛广离家到镇江贸易，家中留下三个老婆，正室张氏、妾刘氏及三娘王春娥，还有刘氏跟薛广生的儿子倚哥与一名仆人。薛广在镇江做生意的时候遇到同乡，托这同乡带了白金五百两回乡作为家用。同乡私吞白金，买了口空棺木，假冒是薛广灵柩。薛家人信以为真，经济无以为继，张氏与刘氏看老公死了，接连改嫁。只有王春娥坚贞守节，以织绢为生，辛苦地养大别的女人生的孩子。有次倚哥在学堂被同学笑是没娘的小孩，回家顶撞三娘，说她凭什么管他，她反正又不是他亲娘。王春娥怒了，把织布机打坏。老仆当场要倚哥认错。

结局当然是好的，三娘含辛茹苦，倚哥后来中了状元。薛广也从外地回来，带着很多钱，三人开心得不得了。

寺山修司这位华丽前卫又奇异的导演就不同了，他告诉你另外一个养大别人孩子的故事。导演刘亮延的舞台剧《初飞花玛丽训子》，大玩这两个不同意图与不同人性理解的故事。

玛丽是个男妓，从小在妓女户长大。他爱漂亮，觉得自己美，其他同龄的小妓女排挤他，不跟他玩。原因是玛丽有小鸡鸡，还自以为比女生美。只有用人姐姐对他好，把首饰、胸衣借给他玩，用人姐姐是他最好也是唯一的朋友。

玛丽长得益发妖娇，益发相信自己艳冠群芳，连用人姐姐也终于怀恨起来。

一日玛丽熟睡时，用人姐姐钻到他睡衣下，含住了他。青春期的玛丽在睡梦之中扭着动着，呻吟起来，最后一刻吼了出来——终究是男人的低沉嗓音。

用人姐姐与妓女笑他，玛丽，你听听，你毕竟是个男人哪。

玛丽那时候明白了羞耻。

玛丽串通附近的工人，要他强暴用人姐姐。玛丽在旁偷看，用人姐姐反抗扭打，但玛丽的兴奋转成愤恨，他认为用人姐姐后来是舒服的。

用人姐姐怀孕了，生小孩时丧了命。玛丽领养小男婴，展开终极报复，他把这小男孩当女孩养大，他要这小男孩经历自己经过的一切错乱和羞辱。

同样是养大别人孩子的人哪。

我想起有次跟朋友去看京剧《四郎探母》，两个女生看得坐立难安，扭来扭去。

四郎被抓了，因为长得帅气，娶了敌对番邦的公主，享了荣华。好几年之后知道妈妈、弟弟、原配受命来攻打番邦，与自己只隔一个关卡。他要番邦公主跟母后骗了令箭，出了关，回去见他老母及原配。拥抱哭泣，一夜温存，又回番邦。

这故事原本是要教忠教孝的。

这男的，就这样回去了喔。朋友怒了，手指戳我的肩膀。

他不回去，番邦母后也不至于杀了亲生女儿吧，他就是想回去吧。我也气了骂，他回来一夜他开心了，他的正室得了一夜终于知道是自己输了而不是丈夫死了。那男人的母亲还要她认了，此后当杨家女儿就好，儿子回去当驸马。

坐在旁边的老先生入戏喷泪，但我们忍不住打闹。

就是就是，就是要回去嘛，她又戳我，是钱是地位还是性，你说你说。

我们笑开了。

嘘……老先生嫌吵，凶了我们，我们噤声，尚未中场就逃难一样冲出剧院。

然后两人呆呆地站在台阶上看夜空。

烂人，她骂。我们笑了起来，有点空虚地。

Track 10
幻想的家人

我幻想有个大家庭，人来人往热气翻腾，人与人的交接闹闹乱乱，谁要过生日，谁要结婚，亲戚怀孕的妻子临盆，阿姨与姑奶奶闹意气。我跟着这个人或那个人东跑跑西跑跑，忙着选购生日礼物，寻找补膳药方，听着谁年轻的故事，说谁始终惦念着谁又无法原谅谁，听着谁未来的远行。我老为这家族里与自己无关的事伤神动情。

我幻想的家人住在一个村落里。村上大叔每天慢跑，打着赤膊，露出黝黑精壮的肌肉背影，带着少午的神情跑过一圈又一圈。有时候村上大叔跑到隔壁山坡那头去了，我猜想他在那边遇到他的卡夫卡，两人点点头，用眼神交换彼此的心事。我的村上大叔跑回家，脱下他的美津浓球鞋，我喜欢偷听他冲澡以后，打开计算机工作的嗒嗒声。

另一头住着姨婆玛格丽特·阿特伍德。她顶着小卷卷长发，穿着暗红色的个性长袍，带有时尚感，她总是神色自信地观察着什么。可我每次都把她跟别人家的摇滚雪儿姨婆搞混，因为这两位姨婆都有卷发，眼睛与双眼皮的深长弧度相似，尖尖的鼻子与长形的脸蛋也一样。

因此我总觉得玛格丽特姨婆一开口，就会唱出雪儿姨婆的歌声，低沉有力性感。我也偷偷窥视到，玛格丽特姨婆的洋房里，藏着一台信号机，是专门与外星人联系用的。

很久以前菲茨杰拉德叔叔来过我们家，短短住过几天，他真是漂亮的人，他与他那神经质的太太泽尔达吵架，来我们家小住几天。我偷偷喜欢上他，他得宜迷人的仪态，细致修长的手指轻轻敲着桌子，拿起酒杯。还有那对明净却忧愁的眼睛，如同阳光下的游泳池，美丽到尽头就哀伤起来，我想跳进那里头潜泳。那几天我默默地看着菲茨杰拉德叔叔，心都碎了，含着泪水，默默地爱着他，明知道他不会回应我的感情。

沉默的大眼姑妈张爱玲，清艳高华，她总冷着脸，睥睨什么，瘦高的身体穿着大红大花的洋装在社区里时不时现身。我猜想她其实哭点很低，只是因为个子高，别人看不到。我很少看到她，她总是昼伏夜出，她也不太吃饭，说是胃不好，总在半夜里吃面包，小块小块撕下来配着牛奶吃。

最疼我的是门罗阿姨了。她容忍我这个不起眼的小孩，可以自由进出她的房子，喝她的茶，吃她的饼干，看着她白发低垂在桌前写小说，我便安心地软软地趴着，陷入瞌睡。我在她的客厅里好几次哭了睡，醒了发呆。她忙完走过来，我急忙把辛波斯卡表姑的诗集藏在坐垫下。

幻想的家人很好，没有疯狂的占有，也没有令人窒息的操弄。

但随着我的年纪愈来愈大，我疑心我幻想的家人一点也不爱我，一切都是我一厢情愿。在烈日之中虚弱前行，在人世之中寂寞无靠，我幻想的家人不曾在摇摇晃晃的人生中拥抱我，不肯亲吻我，没有实实在在的温度与气味。

　　我也曾经幻想山田是我弟弟。在我全身灼烫肿胀、难以成眠的夜晚，他会轻轻用手指覆盖我的额头，纾解我的疼痛，吸掉我的迷惘，告诉我不要害怕。

　　幻想的家人最可怕的是，当他们遗弃你的时候，丝毫不比真实家人的遗弃来的痛苦少。

　　我闭起眼又睁开眼，对着天空吹了一口气，盖在上头的我的家，就散了。

Track 11

假期

第一个晚上我就想回去了。床上没有猫的气味与体温，我隐隐感到烦躁，还好带了整袋的稿件和书籍，工作到天亮。这昂贵的夏日度假饭店，服务人员蠢得像猪一样，动作慢脑筋坏且不负责任。同行的夫妇、情侣行前苦劝我随他们一同度假，他们认为我的生活贫乏忙碌，脑子随时都有暴走或断线的可能。

他们在夜晚海滩啤酒后已经欢爱、入睡。我继续工作。

第二个晚上逛了整条垦丁大街。整群人误闯了钢管舞酒吧，半小时后被台上惊人的粗鄙吓到夺门而出。情侣们决定继续散步夜游，我落单，因此一个人走回饭店，穿着露肩长洋装，躺着看两部电视电影，起床拿苹果，回床上躺着吃。

第三个晚上泡在浴缸里，肩膀酸疼得到舒缓，我从浴缸里爬起，看表，过了十分钟；我又躺回浴缸，然后又爬起，只过了三分钟。我感到绝望。

其实那天起床之后大家搭车到海洋生物馆，一进馆我就与他们走散。我晃着荡着走进水底通道，见到鲸鲨水草魟鱼在头顶上漫游，我望着那巨大的身体摆动，那惊人的奇幻力量。阳光自天顶折射进来，那是整个假期唯一我忘记了自己的片刻。很快地整群小孩冲了过来，旁边的游客推挤，我闪到旁边。等待的时候，我想也许应该拍照，毕竟这是假期，于是拿起相机对着珊瑚美丽的躯干。旁边的男人突然碰我的肩，要我走到他的位置。他说，这个角度拍比较漂亮。我看着陌生人的善意，他正咧嘴对我比画，便对他微笑，他又微笑，我只好继续笑。继续这样笑下去也不是办法。我说，好。我站在他要我站的地方，按了快门，对他点点头。

走了好久，我终于在临海咖啡座找到朋友，他们戴着墨镜说笑话。

笑话是同行的朋友之一前天晚上去夜市吃冰，付账时发现皮夹一毛钱也没，提款卡没带，手机也没带。摸了摸全身上下，只有一包还没开的香烟。他于是告诉摊贩老板，我没带钱，这包烟八十块，你的冰一碗四十，我用烟跟你换这碗冰。那老板打量眼前的男人，散乱的长发，背心短裤，大卖场的便宜拖鞋，灰白的胡楂，憔悴的脸，口齿缓慢又不清楚，是流浪汉（那男人是艺术家，不过看起来应该真的没有分别）。摊贩老板叫了警察来。他们问男人你住哪里，男人回答了昂贵饭店的名称，老板与警察同时摇头说不可能。沉默一阵后，老板终于放弃说，你走吧。

哈哈大笑后我终于忍不住，在最热的中午时分逃回饭店，就是想猫，想一个人躲起来。结果房门磁卡坏了，刷不开。路过的工作人员说帮我处理，要我等，但他没回来。我到柜台请他们处理，胖男生拿着磁卡陪我走到房门，刷了几次确认是磁卡坏了不是我脑子坏了，说要找人处理，但他也没回来。我又走回柜台，胖男生不在，一个女生陪我走回房间，再试了一次磁卡，说要找人处理，走开。

我跌坐在房门口的地上，摘下墨镜。快一小时后工人来了，他没处理磁卡，用铁丝把门撬开。他说，卡是坏的，会有人来。

不会有人的，不管是不是假期，我始终知道。

蜷缩在棉被里，脸埋在枕头下面，热天午后，我哭了起来。

小型犬女人

儿子与每个女友分手后，她都私下邀约她们出来吃饭，告诉女孩她有多喜欢她，只遗憾女孩与儿子缘分不够，希望就算女孩不跟儿子在一起，还是可以跟自己保持良好关系。

当我的干女儿吧，她说，人的缘分相聚离散，我们终究还是要结善缘。

于是，那个胸部白皙美丽的空姐成了她的干女儿。

那个留英的助理教授也成了她的干女儿。

那个企业家女儿也成了她的干女儿。

但我们吃饭你不要告诉我儿子啊，这是我们之间的秘密。

儿子每次交了新鲜有趣的朋友，或和好朋友畅饮聊天谈心事，她总会兴奋地跟儿子讨论朋友的工作或学业，朋友的兴趣喜好。

带他们回家来玩嘛。

她在家里接待儿子的朋友，亲切大方。

然后她私下打电话给儿子的朋友还有儿子朋友的女友，约吃饭。

她知道这个朋友喜欢摄影，于是买了新的莱卡相机送他。

她知道那个朋友喜欢室内设计，把自己一间闲置等着出售的公寓交给儿子的朋友装修。

但我们吃饭不一定要告诉我儿子吧，我们也是朋友哪。

她要她儿子的一切，她要他的女友他的朋友他的脑子他的情爱他的一切人际关系。都是她的。她忍不住就是想要。

她养白色的小型犬。她好爱小型犬。她看到流浪犬可能遭到扑杀的时候热泪盈眶。

小型犬挑食，常常不吃饭。她想尽办法喂那小狗，她儿子抱了小型犬到膝盖上，用汤匙挖了狗饼干，假装往自己嘴里送，露出好好吃的表情，嚼着嚼着。那小型犬看到儿子吃那饼干这样好吃，本来不吃也想吃了起来，扭着跳着也要吃他汤匙里的东西。于是儿子就顺手把汤匙里的饼干喂小狗吃下。

就这样，你一口，我一口，儿子不时做出好好吃、舍不得分人吃的表情，那狗益发想吃，就这样顺利地把整碗狗食吃光了。

白色小型犬受尽宠爱，但是不能出门，只要偷偷溜出阳台，她就怒极追回来打屁股。她担心小型犬会走失，更糟的是会被别人偷抱走。之前的另一只白色小型犬就是这样消失的。

白色小型犬生病住院的时候，她不吃不喝，担惊受怕，每天定时到兽医院看小型犬。

她儿子跟我约好一起上法文课，每周三天，上到中午。可十一点儿子的手机就响，她问儿子，你都不管家里生意了吗，你上法文对你的事业真的有帮助吗？或者过一阵子又打来：家里的办公室一个人也没有，儿子你为什么不去开门，你是不想管家中的事业了吗？

她儿子接了电话就开始情绪化与焦躁。一下课连午餐都不跟我吃，飞车进公司，而他家的办公室其实一个人也没有。

她受了气，在家里的店气到说不出话来，喊头晕。帮我叫辆车，我要回家，她眼里泛泪，哽咽着对儿子说。

我的手机响了。她儿子对我说，我妈受了委屈，身体不适，要叫辆"小黄"先回家。

嗯，快点回家，我说。

我是说，我妈要叫辆车。

我知道啊，那就叫车啊，我责备他。

你上次来我办公室，走的时候不就打了电话叫"小黄"吗？她儿子问我。

是啊，喔，你要叫车电话吗，我给你，然后我顺口背出车行电话。

你是怎么了，为什么就是不贴心不懂事，他骂我，你打电话叫辆车来我这边接我妈。

啊，你从那边打电话报你那边地址不就好了吗？我问他。

你为什么就是这么不懂事，我妈要我叫车，你就打电话叫车来接她不就好了吗？他怒斥我，我妈叫我打电话叫你打电话叫车来接她。

她抱着白色小型犬，搓着它，问我，你打算什么时候跟我儿子结婚。

我……结婚是很重大的事情，要慎重，我说。

你要快点结婚生小孩啊！小型犬女人瞪着我说。

我……生小孩是很重大的事情，要生他养他，是很大的责任，要慎重，我说。

不过就是结婚生小孩，有什么难的，要教他养他难道我们养不起教不起？她回头射出杀气，你也不想想你几岁了，你要生孩子就这两年了，你想等什么，你还有什么条件可以等。你可不要有天跟我儿子吹了，没结果，怨说是我儿子负了你。

我惊吓地看着小型犬女人的脸色由亲切变成凌厉。

然后她儿子走了进来，她回头变成亲切又充满爱意的母亲，抱着小型犬去弄咖啡，仿佛刚刚什么都没发生。

一个月后我终于委屈地跟她儿子说了这件事情。

我妈说的没错，她儿子对我说，我妈说的一点都没错啊。

你还有几年可以等可以生，你就是不爱我所以不想结婚。

我那一刹那发现他们母子的眉眼好像，皮肤白，大眼睛双眼皮，浓眉压着眼。

然后我再也不吭声。

当我的干女儿吧，她在餐桌那头对我说。

我咬着牙想办法挤出微笑。我知道你对我好，我对她说。

你知道人的缘分都是注定的，可我们终究希望那是善缘，你当我的干女儿吧，她又说一次。

我奋力地露出我最受欢迎的温柔微笑，还有一张非常感动的脸，但不说话，就是不说话。

MSN 是万恶渊薮

我推门走进店里，夏装的轻盈与缤纷五彩霎时把我层层包围，还有淡淡的薰香。我喜欢这种香味，我喜欢五颜六色的棉麻丝交织成的梦幻空间，我喜欢这些物质。

"我来了！"我对店里大叫，端着隔壁咖啡店外带的纸杯。

"你来了！"大眼睛的小令也对着我撒娇大喊。对，没错啦，我就是能买衣服买到跟店里的工作人员变成朋友，彼此交换小说看。

但小令今天看起来不对，妆还是很漂亮，眼睛还是又大又圆，还是甜，但有种诡异的沧桑感。我皱起眉问她。

她眼睛立刻浮了一层水，鼻头红了。

小令到隔壁的咖啡店买外带咖啡，一桌男人玩着相机，看她也在等咖啡，便问她愿不愿意当模特儿让新相机试拍。活泼大方的她大笑说没问题，那桌一个男生便拿起相机对她拍了几张照片。没隔几天，她又遇到那男生买咖啡。再遇到，聊了起来。再遇到，他们坐下来谈了好久。她知道那男生养了两只黄金猎犬，有一个交往很久的女友。然后他们交换了 MSN。

然后他们开始每天不间断地说话，用 MSN 啦。

她下班回家一上线，他就在等她。她上线他不在的话，她也不担心，因为两分钟后他就会出现。每天回家到睡前，他们一直说一直说，交换了所有不曾跟别人分享的秘密与对未来的想望。

这半年间他们不常见面，见了两次面，一次喝咖啡，一次去看电影，还是每天 MSN。

终于，终于上帝想到她了，"他好好。"她这样说。

有天夜里她的手机响了，那男生在她租赁的小屋楼下，说要见她。

她不肯，他听起来像喝了点酒。那男生继续打电话，男生说，只是想看看她，见她一面就好。她叫他回去，她说她绝对不可能下楼的。过了二十分钟，她见外头雨好大，担心起来，冲下楼去，叫他快回家。男生说他好冷，请小令让他上楼躲一下雨就好。

然后他们上床了。

第二天早上那男生吻了她才离开。然后他就从 MSN 上消失了，始终处在离线状态。

小令每天看着那男生的名字以及离线状态，发呆。半个月后那男生突然上线，小令问他："给我一个理由，一个你消失的理由。"

男生说："我很忙，我去日本出差。"

然后那男生又消失了。一个礼拜后他又上线，小令发火，骂他是个烂人，跟他说以后再也不要联络。

男生说："一定要这样吗，我们可以当很好很好的朋友啊。"

小令快速地在键盘上打出："你怎么可以这样对我！"

男生说："我明白你的意思。可是，你是说，我们以后也不在 MSN 上聊天了吗？"很眷恋似的。

小令想了一天，怀疑是不是自己有问题，是她弄错了吗？

但她最终还是趁那口气还在的时候，把那男生封锁加上删除。她要对自己确认，自己没有疯，没有疯，不是自己弄错了，这一切不是她疯了。她必须要这样做，仿佛在那男生脸上快速盖上一个结案印章"贱人无误"。

之后她整个月吃不下睡不着，几度想到就哭，更糟的是充满了一切都是自作多情的严重自我怀疑。

然后我站在这里。

"你知道……我……我不是那种很乖不会玩的女生……我也上夜店，我也玩……我不觉得男女彼此有需要，发生一夜情，彼此拍拍屁股走人有什么不行……"

"我也有过一夜情……只是……只是……"她开始颤抖，声音不稳，仿佛呜咽，"经过这半年，我们每天每天、每夜每夜地说话谈心，交换从小到大的心事。那些心有灵犀，那些彼此私密的相互确认……"

"我以为……我以为……我以为这是……"她的声音变得好弱好小，仿佛说着一个失传且会让自己蒙羞的过气字眼，"感情。"

然后她"哇"的一声哭了出来，头靠在我胸前。

我开始从脚底发冷。

我想起我也曾经有个 MSN 朋友，我们也曾经每天每天、每夜每夜等着对方守着对方上线，我们也曾经心有灵犀，彼此确认。

　　有天我们终于约了见面，回家后还通了电话，微笑入睡。次日他突然对我冷淡，然后消失。之后的几个月我陷入疑惑、惊愕、挫折，一次一次怀疑是不是我脸上的痘痘，我走路的仪态，还是我说错了什么话的关系。不得不认清现实后，想起自己曾经那样将MSN上的一字一句全都珍惜、相信，面对计算机傻笑着幸福，于是不可自拔地陷入自我憎恨与深深的羞耻中。

　　我搂着小令，一起抽抽噎噎地哭了起来。

Track 14

水波纹

　　看着海就想走到它里面去，化成海天之际的泡沫消失。

　　她第一次游泳就溺水濒死。很小的时候，全家人出游，没人注意到她整个人沉到水里，满满都是人，可偏偏没人发现她快死了。水不断地灌入她的嘴里、肺里，她惊慌无助地开口想呼救，却只有更多的水灌进她的嘴和身体。她拼命想挣扎却痉挛，全身怎样都使不出力，水一直蛮横不止地流入。要死了，小小的她意识到这点，明艳夏日午后的海滩，拥挤的人群却没有发现近在身边的死亡即将发生。一旦认命接受死亡后，她突然张开眼睛，水还在咕噜噜灌进她的身体，她却刹那间看清楚了，水底有另外一个世界。光折射出海里的彩色菱格，明艳的珊瑚与人的身体，漂亮的缤纷色彩，海底的鱼与人。那温柔多彩的画面搭配的是全然的寂静，只有自己面对自己，很快地，就要死去。

　　她放弃挣扎了，似乎也接受、欢喜这死前最后的美好幻觉。身上有着几何图案的黄蓝鱼类如奇花异草，张嘴吐纳咒语的粉红珊瑚珠宝，千年水草妖娆绽放性欲。她的胸腔从剧痛爆裂到突然不痛了。

　　突然她被拦腰抱离水面。

　　她的母亲赞叹："这娃儿天生会游水吗？竟然能在水里闷头这样久都没事！"

她的父亲抱着她，有点狐疑。然而她惊吓过度说不出话，剧烈地喘息想吐想哭却只是木然，然后她激烈地咳嗽，眼泪迸出来，还是什么都没说。

她什么也没说，差点死掉以及那场漂亮多彩的幻觉。她一直都是被忽略的小孩，她沉默，大人也什么都没发现，继续午后的嬉水。

她在粗糙简陋的更衣室中自己换泳衣，拖着小包包走，突然看到简陋隔间的缝隙中，一个正在擦身的女人丰盛的裸体正对着她。她忘记了刚刚的濒死惊恐，瞠目盯着女人的肥软乳房、腹腰大腿，连年幼的她都本能地知道那是熟透的华美身体。妇人褐色凸起的乳头骄傲向前，青白如瓷的皮肤以及那片丰厚硕大的肉体奇景，让她忘我、震撼、贪婪地渴望紧盯，动弹不得。那妇人从缝隙中看到她，勾引炫惑意味地微微挺起腰肢，摩挲乳房，将双腿微微打开，给她更多一点。

那是个符咒。从此多年，那美丽身体总入梦找她，她私密的恋慕与潮湿没人知道。

她长大便不太下水了。近视太深，头发太长，皮肤过敏。其实她只是无法控制那份渴望。一下水沉溺在好深的寂静里，自己面对自己，她几次都不能自主地愈游愈深，愈游愈远，仿佛被海底妖灵召唤似的，无法压抑心中那份想化成泡沫消失在海天之际的迫切需求。

然而她的俊朗男人热爱一切的海上活动，潜水与风帆。她总是默默陪在他身边，微笑看着他的矫健身手，透过墨镜看着海，乡愁般地，眼睛泛出水。

那夜她与友伴多人庆贺某人的生日，狂欢与酒精中，那个女人过来牵她的手。那女人是店里的人，细致洁白的皮肤发光，剪得贴近头皮的短发，却有极其纤细的女性化的气质与湖水深的双眼，高挺丰满的身体，那女人牵她的手便让她感到温柔缠绵。

她晕眩晃动起来。

"别碰我，我要去化妆室。"她甩开那女人的手，摇摇摆摆地要走开。

"我带你去。"那美丽的女人再度牵起她的手，轻柔且固执地，带她走。

她在地下室的无人化妆间冲脸、呆坐，回过神来补好眼影和蜜粉，试图恢复正常，决定跟众人打完招呼就离开。太危险了。她想起那女人应该是店里的工作人员，出手帮忙而已。

当她走出化妆室，那美丽的女人还在门口。

女人走过来又牵她的手，低头轻轻地像蝴蝶翅膀一样吻她的脸，像海浪一样温柔。

她闭上眼睛，转头吻那女人的嘴，把身体紧紧靠上，感觉那女人的胸部一波又一波汹涌摩擦着她的，她发出近乎呜咽的声音。

拗不过男友的坚持，她那天终于下海潜泳。

"宝贝你要注意不要游太远，在海中对于距离的感受与陆上不同，不知不觉就会游出安全范围，你要随时起身看看，太多人都不明就里地游到危险海域去了。"

男友检查她的蛙镜，拍拍她的臀。

她潜进水里就笑了，那个单纯的静默的世界，千年鲜艳的鱼兽海怪珊瑚在她眼前摇曳扭摆，成队地前行。水草织成的梦幻，石头缝隙吐纳出音乐。她向前挥手，再向前招呼，又向前探询，久违了。她扭动身体，在水底跳舞，这里那里，叮叮当当，欢欣雀跃。

她被拦腰抱起，她的男友游了好远来救她。他惊恐地怒斥："停下来！你怎么游这么远到这么危险的地方，你看人都消失了，你疯了吗？"

焦虑这件事

她的身体里住着焦虑，从很小的时候她就肚里怀孕着焦虑了。

她小小孩时穿着衬裙在阳台上游荡，艳夏湿热，闷到她喘不过气，她想躲回屋内吹冷气，但觉得自己一旦跑走便对不起这外头一大片正在受热的人群鸟兽。

她终于热坏了，跑进屋内，撩起衬裙到大腿处，细瘦的两只脚晃动。她知道冷房保冷一定要把门窗关密以免泄漏。可她抬头望见那台式老宅的隔间墙顶，是雕有四季花鸟的镂空木片。她看着雕成花形鸟形竹形的空洞，知道冷气怎样都会从那空缝钻出去。她忧心。

她又想起外头没有冷气的街道，那样湿热，她为热天街道上的送货男人，热到无枝可栖的麻雀，万分沮丧。在另一块大洲上的人们，如果晒的跟她是同一个太阳，成千上万黑的白的红的人不是同时都虚软成水泡？

她呜咽着，预见全世界都热成火海，都快死了。

要是能在户外装一台巨型冷气就好了，很大很大的那种，动用十个电厂，一打开按钮放送，全世界的温度都会下降，在橘黄烈日下蒸烤的花草鸟兽、讨生活的人们，会突然舒爽。

但她又担心起来，抬头看好大的蓝色的天空，这个地球没有隔间，天空没有任何边际，巨型冷气发送出来的冷流不就直接消散到外太空了吗？没有一个玻璃罩子能把地球整个包起来？要不然这巨型冷气猛力放送，便一直散掉，人们一样汗流浃背地驮着，虫兽一样枯萎，大地热裂出一条一条深褐色的嘴巴。一切都徒然。

全地球都热死。

她少女时代重复焦虑着钉枪。她老看到手掌正中央，钉枪一按就穿过白色手心，金属穿射过血肉，剧痛中手掌紧紧地钉在墙上，怎样都走不了。

她向母亲倾诉那些莫名的干扰，心神恍惚。她的母亲搂着她，双手握住她的乳房，又捧起她的脸，告诉她这张脸是不会有人爱的。

她的焦虑不是没有道理的。

她对那个男人的依恋太深，一切征兆却都告诉她这不是好缘分。

见面之前她的手机会宕机。男人跟朋友看网球赛便直接爽她约。又有一次，他们见面前她踩到了狗屎，白鞋上都是恶臭脏污。

男人对她时冷时热，她担心自己的丑陋及对性的排斥终会被嫌恶。不对称的乳房，下垂的臀部，松垮的大腿上有一条一条的妊娠裂纹。男人的手在她腿上搓着抚着，吻了她拥了她，然后消失不见。她受不了便跑走，男人又来找她，然后又冷落她。反反复复。她一旦做了决定想要他，他便推开她羞辱她。

她昏沉不能醒来，也许是半瓶药的关系，呕吐，缺水。

醒来之后她明白这不过是一场假戏，而她当真。

但她再也不能分辨什么是真的什么是假的，谁的热切第二天会变成生疏，谁的讨好一转眼就变冷脸。从此之后她每日必定看完算命节目才能出门，必须确认当日吉凶与幸运色。更加脆弱的时候，她必须上网确认气象才有安全感。未来的未来都是不可捉摸的恶魔，而下一秒就是未来。

她不想活了，太满了，她的身体快裂掉了，灵魂已经奄奄一息了。

最终她进庙求神，对菩萨细细诉着忧伤自弃，她只想要平均值的恋人平均值的屋子及平均值的运气。她流着泪说，总有命中注定的什么，可以让她不要焦虑，放心去爱。

她举香倾诉着那份，她终其一生不知生于何处的，被轻蔑与鄙视的无价值感。

她只想要一个安稳，她求着。

最后她犯了一个重度焦虑者最严重的错误：高尚。

她求了半天，最后却对菩萨说：我祈求的这一切请你给我吧，我想要平静，我想要诚恳，但你若真觉得焦虑是我的命而爱与平稳是我命不该得，那你便忘了我刚刚跟你求的一切吧。

痣

痣是坐标，像是地图上可供你辨认的身体建筑景观。

你熟悉了身体上的那些痣，也辨识了城市的往事。

隐秘的痣。我记得医院里你的小腿中央和肩胛骨上，分别躺着静静的一颗痣。

仰望着什么的，在身体白色沙漠中竟然凝结出了水汽欲望，妖精似的。

我吻了那隐秘的痣，做了记号，不能解开的密语。

你离开了，这密语便封在那痣里成诅咒。

那女生的眼角下方垂着一点黑痣，像是永恒的眼泪挂在脸上，眼睛因此永远像是欲泪的水汪汪，小小的脸蛋上垂着小小的一颗黑色忧伤。美丽而不幸。

要点掉它吗？这是泪痣。我们讨论这个问题。

自小她的祖母与母亲就要她点掉眼角下的痣，痣相上说淫荡，克夫，注定为爱受苦，一生必定会流泪到枯竭。

但她照照镜子，看着自己白色平滑的脸，她问自己，点掉了这颗泪痣，我这张脸还有什么值得辨识的东西？

你宁愿受苦也不要平凡？那女孩点点头。

也好，好气魄。

她说，就算流泪，那也是人生值得纪念的、我的人生足以与他人不同的辨识系统吧？

于是我们说起身上的其他痣，黑色的，红色的，浅棕色的。耳朵上的痣是孝顺或聪明，颈背的痣是劳碌，嘴唇上的痣是多话或性欲，手心上的痣心思缜密，大吉大利。背上的痣要背负众人之事，有求必应。脚背上的痣劳碌奔波，永不停息。脚掌心的痣勇猛无惧，大吉富贵。隐秘处的痣都是好痣，露在外头的，尤其是脸上的，都是凶险。

我胸前正中央有颗红色的痣，我们讨论着，到底是胆识还是幸运？

在学校的时候，有次酷暑午后，我抱着报告走进教授研究室。一进门被里头的冰冷空气包覆，全身起了鸡皮疙瘩。身体还是出汗燥热的，却立刻冰镇。我坐在办公室茶几旁的沙发上，在老师旁边，跟他一一说明接下来的实验。老师亲切地问我暑假的计划，也说起家常。他微微挺起的肚子，有着迷人笑纹的眼睛，他的声音柔柔地送出，我突然觉得在午后的他的这个小小室内，昏昏欲睡。

我恍惚间听见他说起他的妻，他接着说起他的女人，还有他们上个月一趟异国的大湖之旅。

他把他的手放在我露在短裤外的大腿上。

我怔怔地看着在我腿上的他的手，手指修长但骨骼突出，覆着青白色的肌肉，指甲完好干净地修剪过，不是秀气的富贵之手，是浪漫与现实混融均衡的精英的手。是我喜欢的老师的手。

其实我连惊讶都没有。

我盯着他无名指上方与手背的交接处长着的一颗黑色的小痣，蓝黑色的光，像一只眼睛，他的痣与我的眼睛对视。

老师的手开始移动，轻轻地摩挲我的腿，停了下来，又继续往大腿根部移动。

我跳过厌恶直接到了怜悯，警醒过来，抬头正视老师的脸。

我把我的手放在他的手上，刻意地增加重量压下，用那重量来制止他的游移。

就这样，我的手掌覆着他的手，他的手压着我的腿，我们默默地对峙许久。

在这之间我们等待并且算计下一步。

他在思考我会受辱尖叫或夺门而出并哭泣？我当时已经早熟得明白中年的挫败欲望是什么，但不耐烦这样怯懦的骚扰试探，我也忧心这堂课的分数。

我下赌注般地抽回我的手。

他的手没有继续往上移动，静静停在我腿上放着，那颗蓝黑色的痣不知怎的有种不合时宜的贵气。

他终于抽回了手。

我们两人同时微笑，继续未完的实验讨论。

与老师对峙的那个下午，像是我身体上的一颗隐秘的痣。

外星人

　　那个叫作瓦萨里的八十岁意大利老先生在音乐厅台上弹钢琴。手指头碰触键盘后放射出不同亮度、颜色和温度的点与线，向外织成一张纯净灿烂如星空一样的魔幻网络。整个音乐厅幻化成宇宙银河，七彩转灯，缤纷成奇特语言织成的梦。

　　我明明微笑，却满脸都是泪。

　　他无视台下听众，天真纯净地陷入自己的世界，望着钢琴上方的某处，像凝视着什么，对着那个空无的点，诉说着我们完全不懂的温柔语言，深情执着得如同孩子。

　　刹那间我背脊凉起来。

　　没有人发现他是外星人吗？

　　满场的观众难道没人发现，这个弹琴的意大利老头，其实是外星人吗？

　　他弹出美得干净得不能用人类语言形容的音乐，其实是一直放送信号给他的外星家人，告诉他们以及同样流落在地球的其他外星人，我在这里。而我们这些泫然欲泣的观众，根本不是他要说话的对象。他拼命地放送着只有外星人能够理解的语言。

　　我惊吓地回头张望满场的观众，没人发现瓦萨里是外星人。

　　那样美得离奇的，美得无法用人类语言复制、再现或形容的，闪着奇特光亮的东西，都是外星人发送给同类的信号。我们人类称之为美、艺术，或是无法再现的乍现灵光。

不要爱上外星人。你感动地掏出了心肺，他也感激你对他的倾心，但他心里揪着的，他温柔凝望的神情，永远是天外的远方，他永远的乡愁。

我突然惊觉，画出哥特式天堂与地狱的博斯，只能在固定坐垫上弹琴的古尔德，用音乐画出教堂彩绘玻璃折射之光的巴赫，要命，都是外星人。人类历史上那些美得离奇的音乐、科学、艺术，都是外星人试图与家乡连线的尝试。

"我是外星人。"艾瑞儿对我说。

我们一起看着星星，肩并肩。

艾瑞儿顺了顺她的蓬乱短发，对我说："有一天他们会来接我回家。"

我们抬头看繁密得几乎像皮肤毛细孔一样的星空。

她小的时候害怕洗澡。她们家穷，父亲总是不在家，回到家母亲就为了外面的女人与他争吵打架。她好强忍泪，不知道站在母亲还是父亲这边，反正两边都打她。

她洗澡的时候，热水腾腾冒烟包围住初萌芽的瘦小身体。她小小声哼歌，幻想自己是为爱离开大海的美人鱼，而王子就要为了那个撒谎公主离开她。她假装自己拿着麦克风，对着浴室镜子皱起眉头唱悲伤的歌。

她瞥见浴室上方的气窗有黑影，有人在看。她看见父亲的脸。

她惊慌得不知道如何叫喊，僵硬地把身上的肥皂冲掉，她擦干身体，终于鼓起勇气再抬头，那人不在了。

她冷冷地怯怯地躲在棉被里。这事发生好多次，她没说话，她连生气或委屈的勇气都没有，她怕母亲打她或者打他。

直到有一次她在房里看图画书，她妹妹刚洗完澡冲进房间，脸色发白，颈肩发都是湿的，她妹妹惊慌想哭地坐在廉价的组装小书桌前。

她认得那个表情。她问妹妹，你刚刚是不是看到浴室窗户上有人。妹妹点点头。她问妹妹，是他吗？妹妹又点点头。

她终于流出眼泪，告诉妹妹："其实我们是外星人。"

她说，总有一天真正的家人会来接她们回家。

因为，凡这世界上美得离奇，美得让地球人无法理解的，都是外星人。

只要耐住孤独就好。

"其实我是外星人。"那个老喜欢穿鲜艳色彩，跟我相亲不成反成哥们儿的男人，透过镜片斜睨着。

"嗯。"我喝咖啡，"你最近胖很多耶。"

"是吗？"他捏了捏肚子，又说，"我真的是外星人。"

"等我退休之后我要搬到内华达州的沙漠，一个人住，跟外星人作伴。"

我进攻颜色鲜艳的三明治。

"你不信喔？我真的异于常人。"他认真地看我。

"好啦啦啦……外星人啦……"我张大嘴巴咬了下去，"你继续放屁或走开啦死外星人。"

与吸血鬼相爱

如果是与吸血鬼相爱，那就不需担心了。

嫉妒心、占有欲重，保护欲、复仇心惊人，痴心执着，忠贞冷酷，握住了就不肯放手。对凡人来说这样的爱分量好重压力好大，可是对被弃者来说，吸血鬼的爱是唯一的天堂，永不离去，真的有生生世世永垂不朽。

吸血鬼明白爱、死亡与不朽之间的永恒循环，愈是曾经痴狂的吸血鬼力量愈强大。吸血鬼拥有无穷无尽的时间，因此拥有与凡人完全不同的时间观，时间是充裕的，便可以发展出高贵的专注与耐性，可以长时间地等待和观察，成为优秀的猎人，锻炼出优雅与力量、残忍与细腻、强悍与精致。也因为时间观念的不同，承诺这事对吸血鬼来说意义重大，那是凡人不懂的庄严。

初始要心机用尽百般确认，被爱的人必须承受被吸血鬼眼睛搜索带来的赤裸和脆弱。但吸血鬼说天长地久，就真的是天长地久。因为绵绵无尽期对吸血鬼来说是真实的，人类说天长地久根本是瞎说自己不懂的东西。

认真计算起来，承诺与誓约对吸血鬼其实是比较不划算的。

吸血鬼的第一个伴侣是莉莉丝。

莉莉丝是亚当的第一个妻子，她与亚当都是上帝用泥土塑造出来的，也因此莉莉丝认为自己与亚当是平等的。她拒绝亚当要以男上女下的体位性交，她嘲笑亚当的愚昧自大。她更因大胆说出上帝隐秘的名字，离开了伊甸园，跑到红海。在亚当的哀求下，上帝为亚当重新创造了一个妻子夏娃，这次上帝用亚当的肋骨创造，如此妻子便会依附丈夫。

上帝愤怒地派遣天使去找莉莉丝回来，并且警告莉莉丝，如果她不回来，以后将每天杀死她的一百个子孙。莉莉丝无视上帝的权威，不肯回去。

上帝与莉莉丝的大战于是开始。

上帝依循誓言杀死莉莉丝的婴儿，莉莉丝遂与野兽魔鬼性交，在红海以每日一百个的速度生下恶魔之子，她也不断杀死亚当与夏娃繁衍的人类后代。屠杀战役搞得腥风血雨，莉莉丝心痛却怎样也不愿妥协。最后上帝终于要天使与莉莉丝立约，以后不再杀害莉莉丝的后代，而在亚当的婴儿与上帝立约（割礼）之后，莉莉丝也不能杀害人类的后代。

厮杀暂停，莉莉丝仍然痛苦，她心里有个黑洞持续疼痛，怎样也好不了。

到这里已经很清楚了，莉莉丝不但认为她与亚当是平等的，她甚至认为她与上帝是平等的。从这些征战中可以明白，她真正的爱人是上帝，根本不是那个愚蠢的亚当，真正让她感受到背叛的是上帝，而不是那个丈夫。

人类无法理解莉莉丝凛然的平等，也无法明白莉莉丝深感背叛的缘由，更不知道那份庞大力量其实联结了爱情与死亡、破坏与创造。人类恐惧她，说她造成婴儿猝死，说她是暗月之女，说她好色重欲，趁男性睡着夺取他们的精液，说她疯狂饥渴并且噬血。

有一个传说是，天堂后来发生天使之战，天使长路西法，也就是后来冠上撒旦之名的大天使，在战败坠入地狱的途中，把红海的莉莉丝一起带了下去。

另一个说法是，世界上第一个吸血鬼出现的时候，他对着自己的不朽之身无所适从，莉莉丝找到了他。

他们同样经历了爱的伤害，同样遭遇背叛和遗弃，他们一样不死却摆脱不了苟活的屈辱，进不了天堂之门也融入不了人世。她与吸血鬼都明白爱欲与不朽、死亡与重生总是配套而在。她明白残暴根源自内在的激切与对天地的愤怒。她温柔地教导吸血鬼，如何使用鲜血的力量，如何从破坏中锻炼出高贵。

我总是在街角认出吸血鬼的踪影，在戏剧院的角落聆听歌剧，在夜间的电话亭边伫立，在图书馆中研究，在摩天大楼的顶端进行权力游戏，在花店旁的咖啡桌望着远处，等待莉莉丝。

天亮前，是有永恒这回事。

红发女生

她的头发与眼睛的颜色比一般人都淡，是泛着金色光泽的红褐，发丝硬而卷。我们以前很好。

她把头靠在我肩上，她沮丧忧愤的时候总是这样，对生命不满，不知道未来是什么轮廓。其实我们那时候已经敏感地知道命运不怀好意，尽管还年轻到不明白命运的捉弄是怎么一回事。

我稍稍侧头，看她淡色的睫毛与淡色的眼珠，然后也跟她一样看着前方。她比我高十几厘米，但走路时她喜欢黏过来勾我的手，好似我才是两人当中那个比较年长比较高的姐姐。

好多她最深最傻的梦，她喜欢说，我喜欢听。

她幻想有天会发光，有天会快乐，或者有天会成功，也许得到仰慕。

我会对她笑。那是我年少时最好的朋友。

我不喜欢出门，但会为了她换两班公交车到她读书的山上校园，她带我去看她喜欢的学长、社团的朋友、同班的新朋友。她打电话，通常是在她去看她分开多年的父母之间的空当，我会到常约的路口静静地等，散步或看电影。她跟我说她打工遇到的刁难的老板。有时候她觉得要当模特儿便跑去试镜，有时候她觉得当学者比较好就读书。她的能量好大，那种想着未来便可以忍耐现在的力气，我看了都不明所以。

她会消失好一阵子，然后又会出现。我很习惯。我知道她在探索新的人生，一定在什么地方凶猛冲撞，她总是不满，但总归还是雄赳赳气昂昂。我总是等待埋伏在街角的命运有天袭击，她会主动去冲。反正过了半年一年，她会找我。我们又会在那个街角碰面，会彼此大笑招手。

　　她再出现的间隔比我想得久，化起工整的淡妆，她告诉我这次打工她做直销。去角质、精华液、促进睫毛生长的、眼线液，她对着目录上的产品跟我解说，仿佛是白天课程的复诵。我买了去角质及按摩小腿的乳霜。我们第二周又见面，我主动说要买美白乳液。她说，你当我的下线吧。我摇摇头说，我当你的客户就好吧。

　　她消失了一阵子，再出现的时候恋爱了。

　　她说，那个年长男人从她的脊椎底部一节一节宠爱地往上按摩，在弯曲的地方停留。她霸占他的胸膛，呢喃着以后。她生他的气，因为爱情不能保证未来。她一人孤单的时候会用枕头紧紧压着自己，幻想是他在身边稳固她。

　　我不能告诉她我预见的未来。

　　有天半夜她疯狂地找我，她和男人争吵与打架，眼泪与伤口。我开车去接她，她怎样也不肯回家，我把她放在我的床上，用棉被与枕头把她包住。我到客厅看着电视发呆，天色逐渐变明。

　　一切都像小时候一样。她换了一个又一个工作，消失一阵子又会出现。

有天她告诉我她要结婚了，我是她的伴嫁。她一项一项告诉我，丈夫应该可以给她的未来。他们婚后会先与丈夫的家人同住；丈夫很快就会晋升，说不定会有自己的公司；他们将来买房子，要在哪一个区域。

她结婚那天我一早起床梳洗，开车到她母亲家，等待好时辰送她出嫁。那社区好远好远，斜坡往上两边仿佛异色世界一样地林立着模仿高级别墅的建筑，只是粗了点又排得紧了些。她出了娘家，坐上礼车，我开车送她的弟弟和妈妈到婚礼会场。高速公路塞车，秋阳毒到超现实，我全身燥热。到了会场后，新娘嘴巴没停，叨叨念念着新娘礼服裙摆的细节、首饰的件数，还有那浓眉大眼的老公是否忘了确认某位亲戚的接送。她再一次地补充说明他们婚后的蓝图，丈夫与房子，以及不同亲戚的位阶。

一年过后，她抱着她的小孩，我们喝了茶，一起上她丈夫的车。她的丈夫不太理会她，拿着电话浮夸地谈业务。她凶他，她凶他他还是不理，于是她更凶，再凶的时候，话便怨了酸了毒了。

不知怎的，她出嫁那天早上她母亲的家，后来成为我反复出现的梦魇。

在梦境中，那个偏僻社区蒙上了沙尘暴，我在飞沙中经过一栋又一栋建筑，根本不知道自己为什么会来，也不知道为什么出不去。在干渴和恐惧中，我感受到这片凋零社区的每扇窗子背后，都有一双退化的老人眼睛窥视着我，等待我逐渐疯狂。还有几次，这个梦境里天空突然闪电、变暗，我陷入深山丛林，仿佛被魔神捉弄，走了好一段路，每当以为发现出口，却又回到森林的原点。反反复复，肾上腺素过度分泌，发冷休克，停止呼吸。

又过了很多年。她找我吃午餐，告诉我生活的不易，夫妻的恶意，房贷与家用的分配，以及她换到新的杂志社当业务。她玩我的皮包，问我什么牌子。她拿手机给我看她女儿。女儿真是漂亮，我忍不住笑意，但头发是黑的，不是她那样红的。手机里除了照片还有女儿幼儿园才艺表演的录像。

她说，昨天晚上她陪女儿念睡前的英文书，她累了，要女儿去关灯。女儿问她，为什么是我关灯不是你关灯。她告诉女儿，因为我付钱所以你关灯。

我体内什么东西冷了又紧了起来。我轻轻把她的手机放回她面前。

红发女生说，女儿很好，漂亮又聪明，但她必须要不时挫挫女儿的锐气才行，谁叫她父亲那样爱她。如果不随时挫她，她还以为大家都应该爱她。

我突然一阵反胃，眼泪像要涌出来，我硬是逼它回去。

她陪我搭一段地铁。我不知道怎的不能忍受她坐我身边，全身僵直。下了车，在下午清冷的地铁站中，我用手上的皮包狠狠地摔墙。

就这样了。我很清楚。走着走着，我们就这样散了。

同学会

从他们的眼中我知道，我再怎么努力也没有用。

在他们眼中，一日为胖子，终身为胖子。

经过这些年，我比以前瘦了十几公斤，现在认识我的人都觉得我苗条活泼干练，但这些人，看到的始终是以前的我，肥胖的我。

不管我现在漂亮了或有成就了，他们视而不见，我在他们眼里照出来的形象永远是当年那个丑的胖的满脸青春痘的女生。

早知道就不应该来的。同学会是属于那些在学校时受欢迎、过得快乐的人参加的，他们才会觉得叙旧美好。不起眼的，受冷落的，没有人缘的，有什么旧可以叙呢？

那么，我为什么要来呢？我责备自己。是怀旧呢，还是，我想从他们眼中得到一点肯定，证明我真的变了，已经不是那个又丑又呆的胖女生。或者，我希望他们会开始有点喜欢我？

没有用的。我拢拢卷发，低头看自己的连身洋装，抹着粉色指甲油的脚趾。进来打完招呼后，我就一直孤单地坐着。我搓着手，吃眼前装盘的软糖。

也许我该假装去上厕所，然后默默地消失。

他会来吗？那个初吻的男生？

他还没出现，应该是不会来了。这样也好，他反正没喜欢过我，他只是在无聊的高中暑假，出于荷尔蒙吻了我。

在那之前我不知道接吻是湿的，也不知道接吻需要舌头，我以为接吻是干燥而温暖的。他吻我的同时握起我肚子上的一圈肉，说，我女朋友跟你一般高，可是她比你瘦很多，他又捏了捏，你至少要减掉五公斤。

班上有个女生，黄黄的，有着奇特的脸部骨架结构，他们喊她小娥。小娥喜欢班上又高又帅、能言善道的一个男生。那男生知道自己帅，有时人家笑他与小娥，他双手一摊，搞笑说自己"难道美丽也是一种错误"。

那男生跟小娥说："谢谢你喜欢我，可是我想，将来你的男朋友，最好是外国人或是考古学家，他们才会觉得你好看。"

我听到这话之后立誓要当隐形人，尤其不能让喜欢的人知道你的心，人家会拿这个伤你的。

那高帅男生来了，他长大后只交空姐女友，每次路上巧遇或听人说起，他女友一个换过一个，唯一不变的，一定是空姐，他喜欢比较不同航空公司的特色。

同学会他又带了一个空姐来，他说这位不是他女友。陪他来的这位空姐，偎在他身边，他说是刚认识的好朋友。

我跟他点点头，他展开迷人笑容对我招招手，拥着他的好朋友坐入那群同样高帅漂亮、谈笑风生的男女中。

一个大眼睛的女生坐到我旁边，她的发色偏黄，总是笑嘻嘻，一向可爱讨喜。

黄头发女生问我，你瘦好多喔。

是啊，进了社会之后就一直瘦，工作太累了吧。

黄发女生说，你应该是故意的吧，瘦成这个模样，怎么可能是自然的。

她戳我的手臂。

我对她笑了，至少她是唯一跟我说话的人，她也可能是唯一注意到我跟以前不同的人。

我坦诚说，刚毕业那段时间认真减肥，可瘦不下来，没想到开始工作，整个人就像气球那样消气，瘦了。

黄发女孩咯咯笑，但我惊异地发现她的眼神锐利了。她说，你故意把自己瘦成这样子，你根本就是故意的，你好做作，哼，你凭什么啊你。

我看着她，背一点一点地直起来了。

其实我小时候很瘦，进了中学因青春期的人际与升学压力暴胖，那三年我肿了好几圈，也罹患贪食症。这些人，就是在我人生最胖的三年认识我的，他们便认定我的人生应该永远肿胀肥胖。而如果我妄想更动自己被归类的抽屉，他们就会生气。

令天鹅不爽的，不会是黑天鹅，是那只拼命变成天鹅还想混入天鹅群的丑小鸭。

那一刹那，我警醒过来，我终于从受挫的小女生脱困，让冷静熟女接手。

我对她亲切地笑了。呵，你真的觉得我变很多吗，我回她，刻意看看她兔宝宝一样的大颗门牙。再看看她，我说，你倒是都没变喔。

她愣住了。

我看到初吻男生走了进来，他还是很高很挺，昂贵的西装。

他跟大家一一寒暄，抱歉只能坐一下就先走，因为赶着要去开会。他没有跟我打招呼，他的视线从头到尾没落在我身上，我根本不存在。

我看见初吻男生跟人群笑闹了十分钟，就赶忙离开去赶飞机了。

我站起身走到化妆室，坐在马桶上发呆，然后在洗手台冲水，泼泼脸。

我重新走进会场时，那个"难道美丽也是一种错误"的高帅男生高声叫我过去。我傻傻走过去，站在他那个漂亮团队前。

他指指身边的空姐，大声地对我笑："你刚刚走进门的时候，她竟然问我，你以前是不是班上最漂亮的女孩？"

那高帅男指指我又看看身边的空姐，狂笑："我回她，那个丑妹嘛，你瞎了吗？她怎么可能是我们班最漂亮的女生？"

我看着他夸张地笑，有种忍泪的艰辛。

但我长大了。我吸口气，定定地看着这位从小帅到大的男生，冷冷地用坚定但每个人都听得到的声音，配上我后来学得的甜美笑容，做了人生第一次的重大反击："她没瞎，是你瞎了。"

那男生从狂笑转为错愕。我回头拿起包包走了。

天使在唱歌

　　这个人跟那个人前世是夫妻，而今陌生的两人分据咖啡馆两端的小圆桌，各自盘算他们此生剩下的说长不长说短不短的尴尬时光。

　　他犹豫着是否赶在妻子下班前与情人碰面，应该继续下去吗，或者就此走人，傍晚的短暂亲密是否合宜，也许今天应该作罢，将车子开到保养厂，等待的时候看上午买的商业杂志。他的嘴唇因刚喝下的茶水湿热。咖啡馆外的空气冷冷飕飕。

　　他不做承诺，他以为这样道德。

　　她在另一端，肘撑着桌面，双手捧住脸，眼泪从指缝滴在时尚杂志上。她不深情，只是现在寂寞，孤单却静不下来。她穿着高跟马靴的小腿交错，月事将来的疼痛隐隐。

　　她不喜欢承诺，她喜欢不做承诺却真正执行的道德。

　　尽管是前世偕老的夫妻，他们此生从未见过彼此，人生没有共同点。没有共同喜爱的书籍，没有同样偏好的运动，在这之前他们连街角的擦身都不曾有过。一位风尘仆仆的旅人开门，冷风吹入的不适，服务生窣窣端着茶水，两人同时往入口处望，视线仍未能交会。

　　他擅于归纳，她长于推演。

　　他喜欢明亮直接，她喜欢细致古典。

他推崇纪律但眼神飘忽，她渴求疆界的模糊但目光炯炯。

他扮演征服者，相信成熟与规范，但世故的狡猾他没少过。她认同被征服者，却有所保留。

音乐来说，他倾向马勒，她是拉威尔。

唯独一点对未来模糊的沮丧与刺痛，两人皆归之于中年症状，终于像某种共有的灵魂胎记。

他们六百年前在芬兰是夫妻，他造桥铺路，与伙伴意气相投，备受爱戴。他出门她就安心，他几周工作结束后回家她就不安。他受困于自己也不明白的阴郁与别扭，对她冷淡与伤害。她知道他心里住着一个沟通失能的受困小孩，几次想援救，始终失败。

他从没想过不回家，但回家后没对她好过。她的精神处在极大的压迫感中，再也不渴望他表达真正的感情，只想自保。

降雪之前他离家，他踏着湿漉的林间道路离开，那次他很久很久没回来。

她望着纷飞的雪片，预见一层层冰霜逐渐累积，全世界将降至冰点以下的混沌迷梦，她心里有什么东西也往下坠落。她哽咽地想，就这样消失也好，以后再没谁有能力伤害她里头柔软的那个部分，他死了也好。

融雪的时候他回来了。他没做解释，直往室内走。她恨他却本能地走近，从背后环住他的腰。他转过身，轻轻推开她。

那天晚上他们分坐在起居室陌生的两端，各据一张椅。

他想起那天下午，也曾想告诉她这段时间的大桥坍塌，身上的伤。但他只是推开她。她望着炉火，失效的沟通，反复地被拒，这种熟悉的挫折感，让她确认自己的孤单，竟也生出一种认命的释然。

然而她的身体从来都是欢迎他的，他们拥有一子一女。

沟通不良地，线路不通地，他们在前世，就这样，白头偕老。

他们在这一世有一次提早相遇的可能。他在交友网站同时与三个女孩暧昧，包括用假名登入的她，但他很快对她失去兴趣。

他买完单，她从化妆室补好妆，两人同时走出咖啡馆的那一刹那，此生第一次对视。也许出自前世残存的记忆，他莫名其妙有了生理反应，看着这位瘦得倦得不合乎他胃口的女人。她则看着眼前勉力抓住时光之翼的中年男子，线衫上的绿白条纹卡着隆起的小腹，上头有一处刚刚滴到的印渍。

灰蓝的天空不知怎的看起来像发炎似的。

他们出了这个门，奔向各自不同的哀伤。

生怕他们相认，满天屏息以待的天使，全松了一口气。

母猫与大叔

白色母猫对着刚刚用指头搓摩她额头的大叔庄严地说："不要轻慢我。"

母猫的肚腹肥大，吞下离家多时在外吃食的风霜，久别之后，如今母猫再度与大叔同处一室。

母猫第一次被大叔捡回家的时候，两人一度呼吸调整至一致。对于猫与人的关系，这种同步感应、呼吸一致的程度，难得一见。

于是，母猫与大叔尽管共处在一个公寓内，各据一角，做着自己的事情（大叔多半时间在看书写论文，或是上网跟不同的女人打情骂俏，母猫则咬着毛毯边缘，理毛梳妆），母猫与大叔分享着一种亲昵的共感与同步的爱恋。还有些时候，大叔与母猫各自陷入自己的回忆，他们之间有份情人才有的亲昵静谧，并且独立地在自己的回忆里慢慢疗伤。

那个时候，他们这样彼此做伴，彼此信任。在有人陪伴却不过度涉入的情况下，他们的人生终于有了空间与安全感，可以真正落入过去，疗养自己的伤口，也因为他们彼此的特殊联系，他们可以不去介入对方的伤口。亲密又有段安全的疏离。那个时候，任谁都会相信，只要时间够久，等他们在各自的创伤里痊愈之后，母猫与大叔总有一天会真正相爱。

有一阵子天冷，母猫缩在大叔给她的毛毯里睡觉。大叔在自己的被子里睡觉。

　　母猫冷一阵子之后，夜里跳上大叔的床，缩在大叔脚边睡觉。

　　母猫在大叔脚边睡一阵子后，试探性地钻进大叔的被子里，躲在大叔腿边。大叔伸手按摩母猫的头颈、腹肚、背部与四肢，母猫紧紧地靠着大叔。

　　几天之后，母猫偎在大叔腋下，分享彼此的体温，大叔习惯了母猫，但大叔意外地发现自己勃起了。

　　天气变暖之后，大叔再也不理母猫。他们还是在一间屋子里生活，但大叔冷淡轻忽母猫，除了喂食之外，不愿正眼看她。

　　母猫于是每天在一定分量的吃食外，总是走到屋内的角落，对着灰白的死角凝视发呆。大叔则在外流连，旅行各处，与情人欢爱。大叔感到自己是真正嫌恶那诡异母猫的。他们之间的联系，在大叔起了念之后，就断了。母猫知道，人类一旦起了念，便是天涯了。

　　母猫有一天抓破纱窗走了。

　　这便是人间所谓的天涯吗，白色母猫晃着荡着，闪躲猫群的攻击争食，饿与累，无法吟游，尽量避免自己成为那争夺、拼命的江湖分子。母猫常常想起大叔，但母猫心里知道，人猫殊途。

　　大叔好久之后才发现母猫走了，恬不知耻地责怪起母猫的背叛，计算着母猫要的太多，人可以给猫的自己都给了，这猫却还想要他给人的。大叔有时候拥着女友经过当初捡到母猫的小巷口，心里诅咒着那畜生，眼睛张望着想要看到失踪母猫的影子，夜里大叔在甜言蜜语之后射精在女友身体里。

母猫在街上认识了虎斑大猫，一看就知道是罗汉转世的庞然贵气大猫，脸上还带着疤痕。虎斑大猫是在人猫竞技场上历练过的，经过轮回的。虎斑大猫告诉白色小母猫，要用尊贵的心去赦免人类的恶，要知道人类的局限并且用猫的权杖加以赦免，因为母猫并没有选择，因为同样有过伤的母猫懂得爱是什么形状，对于那些不懂的、局限的，要疼惜且宽容。

你要庄严、柔慈地告诉他，你们曾经有过的联结，是出自内心地眷恋珍惜彼此，但那份联结不能拿来作为试真辨伪的磁卡。你告诉那个人类，猫受到伤害，不是在恋爱的层次，而是关于信任、同情并理解他人苦痛的高贵的那个层次被羞辱了。人不可以那样去羞辱另一个人，人也不可以那样去羞辱一只猫。

母猫怔怔地望着大天使一样的虎斑罗汉大猫，流下眼泪。她问大猫，我一定要回去吗？

母猫走回大叔第一次捡到她的小巷口。大叔很快地从公寓窗口看见她，披了外衣出门把她带回去了。

大叔再度捡回母猫，大叔舍不得（或者是大叔单纯地不喜欢人家弃他而去的尴尬），但是大叔还没决定要不要跟母猫相认、和好。他收回一点冷淡，默默地帮母猫在角落整理好毛毯，喂了母猫一点饼干，打算就此独自进房。

这时候白色母猫突然说了人话："你不要轻慢我……"

母猫的肚子因为哀伤突然鼓胀了起来。

Track 23

La Dolce Vita（甜蜜的生活）

　　我感觉到阳光一暗，门一关，我回头看，你把裤子脱下来了。

　　行李被你丢在墙角。我刚下飞机，走到房间窗台看威尼斯运河闪着大片的正午阳光。我转过身来，盯着你，你光裸的下半身，以及你映在我房间雕花化妆台镜子里的诡异背影。

　　我摇摇头，微笑问你："有没有其他的事情是我可以帮忙的？"

　　你是我的情人，我们规划要结婚成家。你与你的团队在这个城市工作，我打包行李就飞了过来，自己订了与你们完全不同的旅店。

　　你不喜欢我出现在你的生活圈里，如同我不喜欢你出现在我的生活圈里。你不喜欢我的穿着打扮，我不喜欢你的粗莽鄙俗。你不喜欢我的眼神，我连对你张开口说话的可能性都厌恶。

　　但我们要结婚，我一定要。

　　夫妻是憎恨控制，伴侣一定背叛。我只是不爱你，我犯的罪最轻。况且，又不是只有我不爱你，你也不爱我，又不是只有我想着别人，你也想着其他人。我只是厌倦了飘荡，必须有一个足以说服自己归属于某人某处的印证，并且是这社会承认、法律镇压的某种坚实归属。

至少有一个人，此生不会离开我，就算不爱了要死了都不会离开。

然后我便可以自由去飞，然后我也会放你自由地飞。

你在网络上认识了旧金山女孩，陷入热恋，你每天与她通信，情话绵绵。半年之后你们约了一趟半个月的旅行，两人第一次见面就约在旧金山机场。出发之前你告诉旧金山女孩，如果见到面，看到你的模样，觉得不是原本的那种心情，也没有关系，经过那样长一段时间的了解，两人可以像好朋友那样继续旅程。但如果女孩见到你，那份心意仍在，就请给你一个拥抱，这样你就明白了。

你背着大包包进入机场，一个浓眉大眼大脸的女孩子过来，她比照片里更英朗一些，脚步根本没有迟疑，拥紧了你。

于是你们就像情侣一样。

你们白天就像情侣一样地旅行，看山看水，游乐嬉闹，你好爱她，光是看着她笑成那样你就忍不住也想要笑。你们夜里就像情侣一样欢爱如貂，她要你圈着她入睡。

旅行结束那天，你带着笑意与她约定。回到台湾之后，打开行李，你愣住了，你行李中所有关于她的一切都被抽走了。旅程中的所有照片都不在，她给你写的便条和笔记消失。女孩在最后一天把你们相处过的证据全拿走了。

你打电话，是空号。你写电子邮件，没有这个账号，被退回。她与你通信的账号在荧幕死住不动。你只好去她常去的社群网站，每天盯着，每天留话给她。

你消瘦无眠，你不能工作，你每天每天留言，聚精会神地盯着那虚无之海等待回音。

你说，你知道这事情会变成自己人生的黑洞，年轻灵魂沉浸在爱中的欢愉与对未来美好的想望是不是就这样被推翻了，你只是要一个答案。

八个月之后你接到一通电话，旧金山女孩打来的。

她说，多数男人继续找她的努力，最久只会撑三个月，你竟然撑了八个月不间断，因此她觉得她应该给你一个解释。

她说，她是惯犯，她不快乐，想伤害别人作践自己来证明自己的存在。她见到你的诚恳与爱意也曾经想过就此停手，好好与你共度，但她还是没有办法，你圈着她睡的感觉不对，不是不好，而是还不可以让她就此停手。

她告诉你，电子邮件是假的，电话也是假的，你在旅行时开车看到她的证件也是假的，就连你所知道的她的名字也是假的。

你怔怔地听，最后只能说，谢谢你告诉我。

你给我看过她的照片，那是唯一一个证明你们那场恋情存在过的证据。你们在游乐园中坐云霄飞车，你好开心，女孩仰脸笑着大叫，是游乐园里专门替旅客拍摄的打工学生拍下的。因为是拍立得，你顺手夹在自己的书中，没被那女孩毁掉。

你说完这故事，停了许久，又接着说，只要想到要进入一场稳定的关系，进入婚姻，签订一个合同去制造一个家，就浑身发冷。

你头低低的。

我默默看着你的额头与上头覆盖的微卷头发。

我说，你用这灵异故事顺利骗到了不少女孩吧。

你抬起头，静静地与我对望。

你开口笑了，好说好说，还没有骗到你。

一周之后，你告诉我，我们应该考虑结婚这件事。

人生贫乏平扁，英雄豪杰才华高洁其实也仍脱离不了庸碌上下，你死了痛了苦了或破茧而出或转了心念有了突破，这些庸碌之人的悲喜转折，对他人一点意义也没有。哪怕你生了一次或死过浴血再来，没人在乎，这世界过他们的，你依旧转折着你的人生。你美过苦过，也只有你自己美过苦过。你的脸没人要看，人生死活没有差别。

婚姻之必要正根植于此，结婚是保险。

这保险买了你便不能走，你必须在一定距离内注视我，我病了你要看，我丑了你要看，我伤重住院你会接到通知，我死了你会舒坦、如释重负。不管你乐意不乐意，约签订了，你必须某种程度被迫注视我的人生。

我不想，从小就不想，一个人，孤孤单单的，变成一个没有人注视的人。

没有人注视的人生，我不信谁真能开合一场有所领悟便了无遗憾。

结婚买一个观众，这是买观众的保险。

几天之后我们到马德里，转回巴黎，回台北。整个旅程一如我们的日常，我们始终没有触碰对方。工作的时候你与工作人员住，你与我单独的时候，我睡床上你睡沙发。

但当有人问起我们这一对的时候，我们很自然地搂紧对方的肩腰，你会笑说"我未婚妻"，我敞开最甜的笑容点头。别人经过之后，我们就自然地松手，维持一个熟悉的刚好的疏离。

我喜欢被纳入臂膀的占有，我喜欢被纳入保护范围的概念。

我知道你搂着我的时候想着其他人，我搂着你的时候心也为其他人痛着。那些人来告诉我你的其他感情游戏，并不明白当我知道你的情感欲望有其他出口的时候，我有多么如释重负。但我没说什么，像个正室一样微笑地摇摇头，暗示他们停止。

你去爱你的情人，对我像妻子就好。我不想治疗你的伤口，我也不冀望从你身上得到快乐。我只是要一个婚姻，因此我会有一个家，我会自己一项一项补足一个家的配备，健全一个家的样貌。反正我心里有一个地方坏掉了，我不爱你，但请你留在视线范围内，我们的未来就以婚姻为它命名。

我们不就模仿着夫妻生活这么久了吗？

然而我在威尼斯看着你映在镜子里的背影，我看着你如虫一样肿胀歪斜的器官，涌起憎恨愤怒。我知道我一定会离开你，再给我一点时间就好，我终究会离开你。你穿起裤子离开后，我到浴室中干呕，跌坐在地上，太阳穴抵着冰凉的马桶。

那一年这世界没有大事，我们再怎么聪明冷静也还是无头苍蝇，我一场关于家的幻梦悄悄崩解了。

梦外之梦

　　艺术家躺在秋天的树下，检视自己手背的老人斑，看着自己因长年工作而指节凸起的粗短手指，这双手在一生中做出了多少艺术品呢？艺术史书为他下的注解，"此人的伟大在于他几度创造匪夷所思的新形式，联结了历史认同、情欲与生死魂梦暧昧之境"，仿佛他的人生因这几个字有了定格。他颤抖着用那双老化的手点燃了烟，想起年轻时的一个梦。

　　他在隧道里一直跑一直跑，有人追他。他在拼命狂奔之中突然停下来，那人竟然追过头了。他抬头看隧道尽头竟然分岔出两条路，而那分岔路口中间端坐着一尊地藏王菩萨，后面透出光。他刚刚就是跑着跑着看到光，突然觉得跑不动了。那追杀他的人也意识到自己跑过头了，在隧道尽头转过身来。

　　他看到那张脸是他自己。

　　艺术是什么呢？他做了一辈子艺术，能够轻易地辨识出哪些作品与哪些人是真正的才华者，这种东西有种气也有种电，有神奇惊人的想象力以及对人世情爱真正的眷恋。他也能够轻易地看出谁只能短暂地享受掌声，很快就会淹没在平庸之中。与他同辈的艺术家发了财，或默默无闻淹没在更多饥渴的新手之中死去，仿佛一场空笑梦。

　　他记得小时候的家，古早的港口，往左边到港口去是美国大兵的色情场所，都是酒吧。往右边去是日据时代第几番，是妓女户，是日本人去的。港边有许多卖舶来品的委托行，水手搭着吧女，手摸着她的臀部。他小时候跟老外说哈啰，大兵就丢给他铜板或口香糖这类小东西。

而港外的世界是什么样的呢？

艺术家想起自己高中时看家里的祖先牌位，祖先牌位后面插了插销，插销拿出来，上头写着祖父的名字。但是祖父再往前的，就只是列祖列宗，上头没写名字。他很震惊，原来牌位上只要隔了几代，就没了名字。

他觉得，人们之所以知道秦始皇这些历史人物，是因为他们不只来过还留下了事迹，因此名字才留了下来。如果一生什么事情都没做，什么也没有留下，隔了几代名字便消失了，只是列祖列宗，没有名字。

他便立志要当艺术家，因为伟大的艺术家会名留青史，人家不用拜拜也会记得他。

他拼命画画，在他那个年代，没有画廊也没有后来庞大赚钱的艺术市场，要创作眼看着就是挨饿。他穷，老在下午三四点时偷偷跑回家，因为那段时间他爸爸外出工作不在，他开冰箱偷吃家里的东西。有一次他又偷跑回家吃东西，被他爸爸看到，他爸爸从小告诫他要当男子汉，见到他这鸟样便骂："你真没用，让你念到大学，还养不饱自己，回家来偷东西吃！"

他受不了这种话，气到与爸爸决裂，再饿也不回家，每天专心在工作室画画。长期赌气饿肚子，得了胃溃疡却不自知。

有一次他与一群同样想当艺术家的伙伴为了赶作品参展，忙得不可开交。他买了整瓶的速溶咖啡粉，好几天赶作品，光喝速溶咖啡，他想这样可填肚子又可提神。工作时偶尔胃抽痛两下，但忍耐过去就不痛了。

没想到有天夜里出现剧痛，他倒在地上翻滚。但身上只剩八十块，他忍着痛跑到药房去买肚子痛的药。

药房老板看他那样痛，劝他去医院。他身上的八十块便是搭出租车到最近医院的车费。他一到医院，就不省人事了。

他在医院苏醒，眼中第一个看到的是他爸爸。

他爸爸在病房当场又骂："你实在没用！这么年轻就把胃割了！"

原来他因胃穿孔痛到昏过去，医生把他的胃割掉一半。

他还很气那个开刀的医生，他质问医生："既然是胃穿孔，破一个洞，你为什么不用缝的要用割的？"

然而他也起来了，有他的天下了，他的成就被教科书记载，他转战境外，成为人们口中的大师。身为艺术家，他问心无愧，他投注了人生所有的心神气力，用最精准的语言调度创造出一个凡人难以想象的暧昧之境，惊人的幻觉却又是人世间永恒的爱恨嗔痴。

他的妻子离开他，他后来的几个女人也都走了，他美丽的女儿长大成亲。身边的人来来去去，他始终在工作室里创造出一个又一个魔域。他的朋友有以艺术之名行骗江湖的，也有财富与女人无数的，而他始终在意着某种使命。他知道他的天分，他被钦点，注定与人世间高频震动的美好相通，但那东西上不去成神，也下不来成俗。

艺术家就是这种人。

某种程度来说他对自己的人生也算无悔，只是感伤。

他又抽了口烟。

前天夜里他做了梦，梦里出现 721×××× 这组号码，这是他四十年前画室的电话。

梦里的他本能地拨了电话。

嘟嘟嘟地响了好久。

终于电话通了。

"你找谁？"

"我找 ×××！"他半开玩笑地说了自己的名字。

"我就是。"他吓到了。

这时候他开始听出来了，那声音好稚嫩，的确是他年轻时青涩的声音。

他告诉电话那头的人，自己是四十年后的他。

对方完全不相信。

他低低地跟那头的人交换了一个秘密。一个只有自己知道的秘密，对方相信了。

电话那头的他处在对生命与创作极度焦虑的状态，急欲告诉他，自己对艺术的理想。

他们谈了很久，像知己一样。

要挂电话了，他突然想起什么似的提醒年轻时的自己，因为两天之后那年轻人会因为胃穿孔昏倒并割掉半个胃。他嘱咐那头："未来四十年你不要乱喝外面卖的果汁饮料，你的胃……"

那头的他说："真巧，我手上有一杯。"

他们同声大笑起来，两人相约"画坛见"。

笑完之后他们沉默了，因为彼此都意识到真的要跟自己告别了。

那头的他突然开口，年轻到令人心痛："那……你成为伟大的艺术家了吗？"

他温柔地说："还没。"

在时空模糊难辨的那刻，他的胃与那头他的胃同时隐隐作痛。

不晓得为什么，他潸然泪下，感到万分寂寞。

辑二

小　　小　　诗

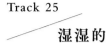

湿湿的

灵魂湿湿的。

眼睛干干的。

思念肿肿的。

欲望生生的。

天空咸咸的，而人生，很弱。

作家最暴力的威吓不过是：要成为我的情人还是素材？

出自绝望，我写一本你的书。

把你囚禁在四方形状文字堆成的坟墓里，书扉一旦合上，你就死透，对我而言盖棺且论定。

但有时候，清明柔软的早晨时分，仿佛受到神的感召，我以为我们正要开始，就要倾心。

有时候。

我们罗织身世以便过活。

忧郁症、强迫症、为艺术受苦、无私大爱或者牺牲奉献。

我们虚张声势以合理善变。

像是因为多年前的伤害所以闪闪躲躲欲迎还拒，或者，因为多年女友已经变成身体的一部分，而且是比较好的那部分。

你的身世之网，裂了缝隙。

我便悄悄地寄居在这个破洞中，小口小口地喝水、等待。

有人换到心，有人换到陪伴，有人换到怜惜，而我抓到了满手的语言。

以为知道所有，知道你的恐惧，知道你的秘密，知道你的酸酸的梦。

然而语言只是语言。

看到你们眼中的星星点点，我才知道自己捏了一手亮晶晶的赝品。

我们的语言多么无用。

那天我梦见自己被你追赶进入隧道，惊惶狂奔，我瞥见隧道尽头有光，停下脚步。你太快过了头，在尽头转身。

我却看见你是我。

于是隧道幻成星球，我坐成你，也坐成河。

这不是凑巧的可能想象，在你身体比较好部分之外的地方，我真真地扁扁地偷偷地在你乱乱的里头跳了好久的舞。

一次一次的告别。

结果只是，过几个月再来，也许明年春天，再来。

我们之间的一种可能我有种种想象。

我们本来会发生，我们一定会发生。我们近些就会发生，我们左转就会发生。

你的铁道班次停了，我机票取消了。

因为今天下雨，因为头发剪短。

没有千钧一发的相遇，只有差之毫厘的错过。

你从口袋里摸出来的可能，像皱皱的纸钞，旧旧的花花的你的想象我全都采信。

我从嘴里吐出来的可能，像远远的泡泡，粉粉的软软的我的想象我全都轻视。

可能可能可能，可能怎么涩涩的。

我不给祝福。我憎恨你们任何铭心刻骨的可能。

我头好痛，从脖子痛起，没有幸福的预感。

内脏黏黏的。

嘴巴开开的，不确定的亲吻，涩涩的。

我围绕你构造的建筑太多，垮垮的，肥肥的，刺刺的。

我是这屋里的间谍。

爱意苟活太久，困困的。

老派约会之必要

带我出门，用老派的方式约我，在我拒绝你两次之后，第三次我会点头。

不要 MSN 敲我，不要脸书留言，禁止用 What's App 临时问我等下是否有空。

你要打电话给我，问我在三天之后的周末是否有约，是不是可以见面。

你要像老派的绅士那样，穿上衬衫，把胡子刮干净，穿上灰色的开襟毛衣还有帆船鞋，到我家来接我。把你的铆钉皮衣丢掉，一辈子不要穿它。不要用麝香或柑橘或任何气味的古龙水，我想闻到你刚洗过澡的香皂以及洗发液。因为几个小时之后，我要就着那味道上床入睡。

我要烧掉我的破洞牛仔裤，穿上托高的胸罩与勒紧腰肢的束腹，换上翻领衫，将长袖折成七分，穿上天蓝与白色小点点的圆裙，芭蕾平底鞋，绑高我的马尾，挽着你的手，我们出门。

如果你骑伟士牌，请载我去游乐场；如果你开车来，停在路边，我不爱。

我鄙夷那种为爱殉身的涕泪，拒绝立即激情的冲动，我要甜甜粉粉久久的棉花糖傻气。

我们要先看电影，汽水与甜筒。

我们不玩篮球游戏机，如果真爱上了，下次你斗牛的时候，我会坐在场边，手支着大腿托腮，默默地看着你。

我们去晚餐，我们不要美式餐厅的嘻哈拥挤，也不要昂贵餐厅的做作排场。我们去家庭餐厅，旁边坐着爸妈带着小孩。我们傻傻地看着对方微笑，幻想着朴素优雅的未来。

记得把你的"哀凤"关掉，不要在我面前短信，也不要在我从化妆室走出来前检查脸书打卡。你只能，专注地，看着我跟我说话想着我。

我们要散步，我们要走很长很长的路。

约莫半个台北那样长，约莫九十三个红绿灯那样久的手牵手。

我们要不涉核心相亲相爱，走整个城市。

只有在散步的时候我们真正地谈话，老派的谈话。

你爸妈都喊你什么？弟弟。

你的秘密都藏在哪里？鞋盒。

里头有什么？棒球、两张美钞以及书刊。

你写日记吗？偶尔。

你养狗吗？眯鲁。

你喜欢的电影是什么？《诺曼底登陆》。

你喜欢的女明星是谁？费雯·丽。

你初恋什么时候？十五。

你写情书吗？很久没有。

你字好看吗？我写信给你。

你有秘密基地吗？我不能告诉你，有一天，会带你去。

我笑了但没说好。

你可以问我同样的问题，但不能问我有没有暗恋过谁，我会撒谎。这是礼仪。

我们走路的时候要不停说话，红灯停下便随着节奏沉默，松松又黏黏地看彼此。

每次过马路，我们要幻想眼前的斑马线，白色横纹成为彩色的。

红、橙、黄、绿、蓝、靛、紫，一条条铺开。

踩过它们，我们就跨过了一条彩虹。

过完它，我们到达彩虹彼端。

一道，又一道。简直像金·凯瑞那样在屋檐上舞蹈。

我们如此相爱，乃至浑然不觉刚刚行经命案现场，没听见消防车催命赶往大火，无视高楼因肉麻崩垮，云梯上工人摔了下来，路边孩童吐出了鸡丝汤面，月球因嫉妒而戳瞎了眼睛。

送我回家。在家门口我们不想放开对方，但我们今晚因为相爱而懂得狡猾，老派的。

不，宝贝，我们今天不接吻。

一周和未来的一周

无法优雅地老去。优雅需要距离，而距离，会冷。

欲望蒸出了皮肤，倏地冰冷。

子宫外缘渗水，脚趾甲正在剥离，给小狗舔舔。

为了喂养姿态，不让丑态毕露，每日储存一点与他人的距离，以为美感与安全感的长期投资。

圈起围巾保暖，同时远离。

一天储存一厘米。

一周拉开一公尺。

总有一天远到足以被爱的距离。

但意外不规律地发生。

储存到三万英尺的距离，没料到一次酒醉后的崩溃或是唱歌暴烈的失控，距离扑满全部碎裂。

次日醒来，出自羞耻、罪恶与不安全感，便计划更大规模的距离储存计划。

才华换不到陪伴，文学赢不到拥抱。

有生之年，八万英尺。

我不书写被弃者。我是被弃者。

拿人生换小说的对价关系值不值得？利息是魔鬼般的常态性头疼。

整个屋子的忧郁症患者，满室议论的意见领袖，他们色盲般地爱穿混浊灰蓝、不饱和色阶或者是咸菜色的上衣。

不够正式到搬上台面的衬衫，不够休闲到可以出游的衬衫，误把不够准确当成暧昧性的仁义道德。而他们的袖角还有昨天的脂粉污垢。

女人静默地等待着迟迟不来的月经。

请爱我。这样的邀请暗示着拒绝，喃喃着屈辱。

屈辱站在前方不远处，你要懂得避开，别请它进门。

于是我们只在脸书上聚会跳舞，仰赖陌生人的散漫温柔。

这里打脸不看身体，没人发现你擦了无法吸收的身体乳液，全身如同将死鱼类一样地吐着混浊泡泡，一开一合。

印在全身的指纹导致发炎，但因为距离，之前省吃俭用储存的，便可以盗用美感。

我自由地山寨着山寨，从容地盗版着盗版，没人发现我们挪用、仿冒他人的普通生活。

我可以预言这将是寂寞的一个星期。

周一在无聊会议与琐碎信件的往返中恍惚。

周二要洗头护发修指甲，银行转账。

周三参加死去朋友的告别式，知道她临终前都还心碎苦痛。不过我们有默契地将悲伤限缩在适合流泪、众人可以接受的情绪最大公约数上，说好似的，我们只要为失去她哀伤，不要为了她的哀伤而哀伤，以免陷入思索生命更大的哀恸。

教堂的圣经，城邦崩毁，混沌离散，多么妖异。

周四手淫呻吟与猫玩耍。

周五赶赴邀约，因为半熟不熟犹豫万分，但想到适度的人际活动可以储存更多距离，于是穿着打扮喷上香水出门。

周六清扫房屋丢弃旧物疯狂健身。

周日下午最可怕。

全世界人类以复数形态踏青逛街购物，而我在附近的小公园发呆。

走失的两只狼狗扑上身来，我以为示好温存，以为终有活体的热度可以虚荣仰赖，没想狼狗露出獠牙开始攻击，我吓得丢弃喝到一半的可乐铝罐，逃跑时夹脚拖鞋踩到大便。

周日下午，全天下是活着的死城。

于是我埋首工作，等待天黑，逐渐收拾下午的恐慌焦躁。

开始欣慰，还好有周一，还好有无聊琐碎的会议与信件。

还好有周二，洗发护发修指甲。

周三也变得可以忍受了。

整个四月

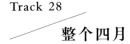

你一定不爱我，坐在马桶上发呆，我怔怔觉得眼睛酸。

你就是不爱我，你只是不爱我，你不过就是不爱我。

不爱我又不犯法。

误导我，戏弄我，调情我，这些也都不犯法。

看电影时你只看银幕，看完不约我喝东西聊心得，急着走。回家后我看到你在线与朋友、情人分享电影心得。

我们消夜，你速速吃掉整份臭豆腐与肉圆，我喊口渴，你带我去便利店买瓶矿泉水，站在店门口吹冷风，急着等我喝完走人，完全无视我在灌着冷水吹着冷风，眼睛一直偷瞄对面有温暖黄灯的星巴克。

我仍然眷恋初始的心有灵犀，幻想你的急躁可能是紧张。

于是整个四月我沉在河流底层，不肯上岸，头发贴着河床，泥沙碎石顺着毛孔渗入脑子，灌进喉咙与身体。我什么话都不想听，什么字也看不下。慌张浓缩成石块，张皇凝结成岩壁，天空的阴暗漩涡成狂流，半点都动不了。

我其实知道突然会有地震，朋友会猝死，人会消失，我会暴毙，人自然也会不爱。

只能沉在河流底层，穿着我白绿格子相间的泳衣，头发延伸成滤网，试图与水流较劲抵抗，双鱼螃蟹知更海草缠在泡水枯黄的发结圈套。

走不远，跑不快，思念也不高贵。

怨不成，妒不全，憎恨也成不了局。

我的整个四月处在想死苟活的牵连之中。

我的整个四月处在想爱恐惧自燃的虚无之中。

我的整个四月处在愤怒化成自弃的委屈之中。

我知道这人世没有谁非谁不可，我了解没有我你仍然吃喝拉撒。你喝着你的木舌根本无能品味的红酒，你打着你根本毫无协调能力的高尔夫球，你说着你自以为幽默的笑话，冲泡着淡然无味的咖啡，看着无聊综艺在大学诲人不倦，看着空姐把着护士与教授订婚，与明显没有才华充其量当当名媛的提琴家调情。

你担心你的血压，你担心你的中年危机，你还想抓住幼时的一点纯洁与奇想，你没想到奇想是限量商品，纯洁很贵，而我不提供廉价品。你节俭计算，继续使用褪了色打过折的爱情条件政治理念与社会改革，这种消遣比较符合精英的成本。

你坐在马桶上的时候根本不会想我，你只是抓着肚腩整圈的灰白油脂，用力气喘，全心全意爱着自己，并且犹豫着抗拒着你其实做足欢迎的腐败，在退化混沌的过程中习惯性作乐。

你的一切都令我疲劳。

你现在发胖成河豚一样的丑角，你现在肿胀如泡面一样油腻烂软。

我对天空呼气施咒。

整个四月，听美空云雀。

整个四月，戴着墨镜哼歌。

和你我从未牵着手，和你我从未走过荒芜的沙丘。

有时候。有时候。

整个四月，你都不在。

于是，整个五月，变成远方闷着发酵轰轰的一场假性雷雨。

整个四月是首写坏的歌词。

你不爱我并不犯法，我早忘记你说的以后以后，我失忆于你说的末日早晨想要一如往常。别担心。

你不爱我不犯法。我转个圈圈，扭腰摆臀，下台了。

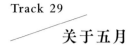

关于五月

魔镜，魔镜，谁是世界上最美的女人？

我直视前方，平庸而深情，神魂抽取至空亡，进贡宇宙。

是你。你说。

于是我把双眼挖出来给你。

魔镜，魔镜，谁是世界上最美的女人？

是你。你说。

于是我撕下整片黏着长发的头皮给你。

魔镜，魔镜，谁是世界上最美的女人？

是你。

于是我敲下整嘴的牙齿给你。

魔镜，魔镜，谁是世界上最美的女人？

是你。

于是我剥下一片一片指甲，贴满整个黑夜，星星照耀你卧床的脸。

我老是想见你，幻想各种我们在街头巧遇的情景，我老是避免见你，不愿你见我，恐惧与你面对面双眼对视。我极度害怕你注视我。我相信如果你看不到我，才会真正爱上我。因此每次听到你说美，我就必须去除掉自己的某一部分好让自己更美一点。我没办法在你的眼睛、我的魔镜之中，暴露自己，我无法见到你见到我满脸满身的缺陷如疮如脓发满。我不能照你这片魔镜子。

看我做了什么事情。

我必须确认你的计算机没有离线留言功能，然后拼命留言给你。

我发誓我们下次见面一定如兔子一样欢爱，却总是小心地移开我的身体。

我选择你外出的时候潜进你的房间，吸取你的气味，睡你的枕头，穿你的衬衫。

我整理你房间里凌乱的衣衫与发票，归位之后又深恐你察觉有人来过，我愤而将刚刚整理好的一切全部弄乱，恢复原状。

我对着你读过的书唱歌。

我处处搜索你的回忆，并且嫉妒着你的回忆。好奇怪，我可以正视你的回忆，却无法正视你的眼睛。

我想要紧紧抱着你，因为怕你看我，我从背后环住你，脸贴在你的衬衫上。

你的眼睛是我的眼睛，你的眼睛是我的镜，你是我的魔镜。

我看不到我，我必须靠你来看我。我不愿意见你，因为我不愿意见我。

偶尔我发狠地幻想，你看我，你真正看到我。

其实我要这个的，我要我空亡成灰你也眷恋。

我的脸我的皮肤我的牙我的眼睛全都扒下挖空了，我要你看着这空洞仍然说美。

除了童话我其他都不要。

我们之间多么甜美。

我不能照你，我不能照我自己。

你可能根本不存在。

我们之间的情境无可避免地走向僵持。

我们的身体各自藏着好多对过往的犹豫以及对未来的恐惧迟疑，总是一动也不动。

我们端坐成为两座深郁蓊绿的大山，对坐之后，我们仍将视线错开，一左一右朝外凝视。你当然没看到我转身流下的滂沱眼泪淹成平静大湖，湖后喂养着飞鱼森林与白鸟。你一定也不知道我稳稳与你平静对峙，吐纳气息，心里只是一只因假性怀孕而胀奶疼痛的母猫，疯狂地想要舔些什么宠些什么摩挲些什么。

是的，偶尔我幻想真正的美丽，一时之间天地动摇，你竟然起身，捧起我身后的那杯大湖，静静喝下。

于是，我们一起蔓延开来，成了地球。

但这一切不会发生。

魔镜，魔镜，谁是世界上最美的女人？

是你。

魔镜，魔镜，谁是世界上最美的女人？

是你。

此时是你。

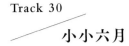

小小六月

你上次给我的温柔，大概只能再支撑一个礼拜而已。请不要怪我，我已经省着点用了，这段时间我尽量不要一口气太过激烈，慢慢舔着，慢慢细数。我当然疑心自己对温柔的瘾头太大，也偷偷埋怨你给的剂量不足，导致现在担心补给的匮乏与正当性，又担心这般屡次温柔，我快因抗药性必须加重施打的次数与剂量。

而你好温柔。

让我们永远都不要大声说话，我贴着你的耳朵叨叨絮絮，说变态鬼怪。

我讨着换着你的什么。用药不经思考。

而你好温柔。

服用你的温柔我便忘了要走，忘了我们多数时间屏住呼吸的猜忌犹疑，忘了你的轻慢，也忘了你总是忘了。

我知道你的温柔廉价方便，一点点善意加了起云剂变得黏稠甜蜜，而我习惯。

我们拥抱的时候头头肩肩肚肚对对。

你身高的剂量对我刚刚好。

你的眼睛直径过长圆睁，无神的玻璃珠也能七色生光。

你眼睛的分寸对我刚刚好。

过街的时候，我总想，踏过一阶斑马线便是一色，红橙黄绿蓝靛紫，一灯一灯接连发亮。走到那头，我便走到彩虹的彼端。

添加物与色素好温柔。

我上次真正要戒你的温柔，因为发现你的爱人是小型犬，而我是咪。

我对我们之间真真感到绝望。

你与小型犬女人共同替未来买了保险，你们去热带海域潜水嬉戏，你们看过大山大湖，你们规划好了一切未来，你们做足了准备预防一同老去的闪失，你们认定彼此，你们绑在一起。而你又低低地告诉我对未来的无从想象，除了偶尔被突如其来的欲望穿刺，那时才对人生感到痛楚，对即将发生的可能感到失措。但大半的时候都好，你说，其实人生都好。

亲爱的你保了究竟谁的未来，你也终究得活那谁的未来。

我想你不应该继续对我施打任何温柔了，那些剂量让我站在街头恍惚停步，无法前行。一剂便是一流年，一剂是一蹉跎。

我戒除温柔的方式按部就班，脚踏实地，正如戒酒戒药戒哀愁，一分一分算，一秒一秒计，戒一天是一天。今天可以自主不依赖，或者这一秒想念颤抖抽搐，仍能坚持自己，不要伸手找你。一日的最后一秒滑过，躺在床上轻轻抚着自己，这次我又多戒了一天。

然后一天，于是又可以一天。若有一天我失控想你找你，生吞了所剩不多的温柔存量，次日便要自己重新开始，再戒一日，或者多戒七分半钟也好。

那戒毒的过程没有终点，人生也不可能恢复正常，只是只是，今天比昨天多戒了一天。又是一天不沾。

随时鼓励自己，多撑一小时，提醒戒掉吃温柔的习惯。

你正在戒除我给你的温柔吗？今天比昨天多撑了一些吗？

我给的温柔没比你给的更昂贵，我给的剂量特意比你习惯的加重心狠。

也许你不用戒除，或许你不想改过自新，你去便利店寻找别的厂牌别的温柔，瓶罐装的，铝箔包的，纸盒装的，塑料瓶的，干燥粉剂的，胶囊的，铜板锭剂，糖浆，三合一冲泡的。

止不了真正的匮乏，但架上开放自取的这么多温柔，口味不同，香味不同，瘾头总是可以暂时平抚。

暂时，此时，彼时，又多一时，于是此生。

我没差。反正我没差。

吃了温柔的寂寞配方，吃了寂寞的温柔配方。

不痛不痒的，眉目混淆的，总是不至于生死交关的。

我偷偷打到你血管里的，你默默喂食我的。

一口一口，一针一针，一剂一剂。

我们好温柔。

你就是他爱的那个人吗

你就是他爱的那个人吗?

我连呼吸都变得谨慎,看你不敢使力,用我不曾练习过的温柔。

你就是他爱的那个人吗?

我垂下眼睛,听到远方森林的鹿鸣,灰熊的吼声及狼的嗥叫。我眨了眼睛,睫毛感到湿冷月光落下的重量。

你就是他冷落我之后转身投奔的那个人吗?

你就是我整夜心悸他相拥而眠的那个人吗?

你就是他对我欲言又止但对你开怀大笑的那个人吗?

你就是他牵着你的小狗看起来快乐得像宝贝的那个人吗?

你就是他挪开我的拥抱但紧紧握住的人吗?

如果我懂得嫉妒该有多好。我怔怔地看着你坐在我眼前。

你好轻松地将自己摊在我面前。你似乎没有微笑这种尺度，张嘴就是露出整排白齿的笑法。你决心将你的好恶你的脸孔，烙在我的视网膜上，要我记下来，最好可以趁此铁心。

如果嫉妒是一种衡量感情的尺度，我这一生可能从来没有能力真的爱谁。

我不是那种为情所苦的人，我不是掠夺成性的人，我的家族没有这种遗传，这次我却出了自己没法控制的、反复想念他至灼痛难耐的差错。

而你就在我面前。

你坐下来我就知道你们是命中注定，你们长得好像，笑得一模一样。你的神情笃定些，他的眼神飘忽点，任何人都看得出你们是宇宙伴侣。你们连眼角的鱼尾纹都一模一样。你们走过好多里程，还会一起走好长的路。你们站在一起像毛色发亮的一对斑鸠。

我想告诉你不要介意，他告诉我的，你是他身体的一部分，而且是比较好的那一部分。我只要想念他，就反复提醒自己这话，制止自己移动，僵结所有感官的运作。

像是赛事起跑的突然静止。

我也没想过事情怎么突然就成了现在这样，这个父亲的女儿与那个父亲的女儿，对面而坐。

是出于对父亲尊严光荣的捍卫吗，如同护城河上那些号角与旗帜的鲜明标记？你将你的爱情用臂膀桂冠一样地护卫，我更清淡地表现不以为意。你忍住对我咒骂的冲动，我压住拔腿就跑、胆怯哭泣的本能。

但我有时候也不免对人世感到恍惚。那么多人，这个男人的女儿被爱，那个男人的女儿不被爱。关于爱的不平等血淋淋地摆着，人们视而不见。难怪我不喜欢爱而喜欢痛苦的概念，只有在痛苦面前人人平等。

他会成为什么样的父亲呢，你们幻想着什么样的女儿呢？

其实刚刚我第一眼看到你便直觉地想到我母亲。大而美丽的眼睛，全开的笑容，固执地相信自己所相信的，认真地坚持自己所坚持的。你们有种对自己脾气轻易放过的自信，你们有种出类拔萃的核心。我母亲喜欢你这样守时的女孩，没有过度打扮，烘焙面包，并且你们执迷于旅行的行为与概念，登大山看大湖，小狗撒尿似的走遍世界地图上的不同色块，抬起后腿。你们对自由自在有种肤浅的制式印象的信仰，你们觉得自己不追求人间虚华形色。我母亲不知道幻想了多少次你这样的女儿，你像是年轻版本的她或是她来不及活成的年轻版本，然后你们会无话不谈。

要是我懂得嫉妒该有多好。

我们看看对方就好了吧。你正在看的人是我父亲的女儿。

相较你的浓眉大眼、正直坚毅、价值清楚、为爱付出，我没有组织，幼稚任性，固守自闭，恐惧漂流，眉目清淡得用橡皮擦可以立刻在他的生命中清除。

你秩序井然，我杂乱无章，但我们都是地狱。

你是他爱的那个人。

曼珠沙华

欢迎你来，我陪你走这一段黄泉路，过这一座奈何桥。等一下就到了桥边的孟婆亭，你要喝下一碗孟婆汤，然后关于前世的缠绵，放不下的最爱，会从此消失，好像一切不曾发生过。投胎之后你不会记得前世的曾经，缱绻缠绵，血海深仇，全部消磁归零，人生重新格式化。

孟婆是个奇特的女人，她永远不想过去，也不计划未来，就是你们活着的时候喜欢说的活在当下吧。她在奈何桥边等你，等着为你端上她准备的那碗孟婆汤。你排着队，看着眼前一个一个魂魄喝完自己的那碗汤，迈向另一场新生或下一世动荡或下一次折磨而浑然不觉。

你注意到这整队排着等着丢弃自己过去的人的特征吗？

他们的眼珠都是混浊的。这些人，包括你在内，都被人世一生的迷离与苦痛，爱与遗弃的煎煮，折磨到失去了清亮澄澈。

等一下，你就站在孟婆面前，怯生生地报上自己的姓名，看着前头的人怎么做就好。我也知道你心中百转千回，充满着欲泪问天的不舍。难道就要让过往的爱恨记忆全部消失吗？那样咬着啃着握着揉着蹭着深埋的万般不舍的你的眷恋，这般弄痛弄残你的，都是灵魂的哀歌，音频的共振，你怎么舍得又怎么甘愿刹那间遗忘？

我知道你在想什么。当我们选择遗忘，让一切归零，当作从来不曾发生过，我们等于否定了从痛苦中获得救赎的可能。

亲爱的，我知道。

孟婆回头在药柜般壮观的陶瓷中，挑出一个上头贴着你名字的碗，轻轻呼唤，重新确认，要你喝下，祝你遗忘。

在你喝下之前，我要告诉你孟婆汤的配方。

你以为每个人喝的都是同样的汁液吗？你以为那是她煮了锅成药一样的汤，每碗都一样吗？错了。要不然你看那碗上为什么贴了每人的名字？因为每个人的配方都不同。

你的那碗汤，就是你一生流下的所有眼泪，收集起来，经过熬煮精炼，成为这一碗。

喝下去吧，你看每个人，喝下自己的眼泪后，混浊的黄灰眼珠快速变化，一边遗忘，一边恢复晶亮清明，失能的碎落的灵魂片片一时之间就像被强力胶黏结，激光重整，裂痕抚平，长成为婴儿般的健壮柔软。

沧海桑田，不过弹指。

你犹豫了，我看到了。就算一双双半闭的眼睛再次张开就成明镜，你还是痴傻到不想放手？

你确定吗？

那么，我偷偷告诉你，其实不一定要喝那碗汤。

奈何桥下是忘川，不喝那碗汤，另一个选择就是跳下去。

跳下去，你就不用遗忘你痴爱眷恋的人。但你必须跟孤魂野鬼、眼珠掉出来的舌头吐出来的恶灵，一同沉沦在脏腻的忘川河水里，一千年不得超生。你必须怀着痛着苦着的痴恋，眼睁睁看桥上你爱的人，在千年里一次又一次经过，一次又一次遗忘，过他一世又一世的人生，重新去爱一场又一场。你怎样呼喊他也听不见，你记得他他早已忘了你。

你受得了千年的等待与遗弃之苦吗？

你还有一点时间。让我领你看看桥的两侧，满山漫开的血红花朵。

这地狱花朵叫曼珠沙华，盛极如梦似血。花开的时候叶子枯萎，花谢的时候叶子繁茂。花与叶共为一体，但永世不得相见，两人的思念永远不同步。

亲爱的。

亲爱的。

你没认出我，

你还没有认出我。

你终究没有认出我。

你不是我的菜

你的眼睛太大，气质软弱机巧，声音平庸犹豫

你不是我的菜

你畏畏缩缩，试探迂回，作弄他人，自私自利

你不是我的菜

正如我不是你的菜

你不是我的菜

你轻浮游移，拈花惹草，没有理想

你不是我的菜

你自命清高，自以为是，自我中心，伤害他人且不以为意

你不是我的菜

正如我不是你的菜

你不是我的菜

你站得太过靠近，防备性极强的我却没有向后退开或是推开距离的本能抗拒

你不是我的菜

我的身体却完全没有产生厌恶背弃，还生出一点趣味的熟悉亲昵

你不是我的菜

然而我偶尔幻想

我们去超市一同采买

我偷偷看着你对着不同品牌的卫生纸简比价

经过不同尺寸的卫生棉区露出似笑非笑的表情

我也偶尔幻想

你看着我粗糙却卖力地想要拖完整个公寓的地板

皱着眉头（显然是对我胡乱不洁的过程与不妙的结果）想要斥责
却只能傻笑

我还会幻想

我们在冬天早晨跑去提供大分量美式早餐的咖啡厅

吞下超过平常食量好几倍的煎蛋、火腿培根与马铃薯

忍住饱胀的不适

各自看着眼前的报纸

你假装没有看见我偷偷放到你盘里的吐司并默默地理所当然地将
它吃掉

我幻想

我跟朋友跑去激光除斑，满脸红肿疼痛，继之黑色点点的结痂

你气得想骂人，觉得我像满脸麻子的疯妇

完全没有性欲，却还是轻轻敷衍地拍拍我的背

你真的不是我的菜

正如我不是你的菜

你不是我的菜

我一眼就看到你静默的几秒与退缩

其实是躲在自己的回忆里眷恋着你真正的情人

你不是我的菜

你漂浮多疑，因此也怀疑我卖弄风情

你不是我的菜

你计较贪心并且善于为自己的不忠找借口

你不是我的菜

你无法让我信赖安心可以将头摆放在你的肩膀上叹息

你不是我的菜

你的秘密太多太乱，却又藏得不够深

你不是我的菜

我不能拿我的脆弱当作抵抗人性的屏障或是你伪装的善意

你不是我的菜

你喜欢撒谎

你不是我的菜

我不能忍受这些感觉都是出自我们对命运无可无不可的妥协

你不是我的菜

正如我不是你的菜

你不是我的菜

尽管我幻想过同你搭很长的车，看很远的景

尽管我幻想过我们害怕寂寞却又善解人意地在旅途上不发一语

避免开口就造成伤害

于是我们只是猜测，没有聊天

并且不知道在看天空的空档，我看很久的你

你真的不是我的菜

正如我真的不是你的菜

米歇尔，我会爱你一万年

米歇尔，悲伤的姐姐们，我会一直爱你们，但我必须先走了。

你们慢慢喝，今天晚上我会为你们唱整夜的歌，明天起我就不来了，今后我要过七点起床十点入睡的人生。

朝迎旭日升，暮送夕阳下。

不要问我那个男人值得吗？不要质疑我们是不是彼此的最爱？这样的问题对于晃荡到人生这季节的人来说，天真到残忍。

我从小看着你们这些姐姐，强悍壮烈，毛色鲜亮，我从来就没法子跟你们一样。我黯淡躲藏，静静在吧台后方默默地看，艳羡着你们的豪杰，心碎于你们的脆弱。我没有飞天的志向，也没有惊人的意志，我从来不曾真正存在，因此也没有自由可以丧失。我始终是你们视而不见的漂浮泡沫，用温柔包覆你们的身体。

重点是我喜欢为他煲汤，他让我觉得什么话都可以跟他说，我们总是散步。

我相信，等到他疗好他的伤，我疗好我的伤，假以时日，我们便会真正相爱。

米歇尔你要不要开门让我进去扶你？我从这边都听到你的痛彻心扉的呕吐与哀号？

把头靠在马桶上？那我坐在门口陪你。你慢慢来。

我走了以后你们要好好的。

要好好对待帕梅拉，她看起来强硬难以亲近，谁都不能挑衅她，其实心软得跟棉花糖一样。她旅行各地，却尝过太多薄幸，她之前的艺术家男友是个货真价实的混蛋，长得丑不打紧，那份刻薄与忘恩真是令人难耐。而帕梅拉说，他们总是朋友，毕竟他照顾过她。她笑起来多可爱你知道吗，然而人生偷走了她可爱的小虎牙与微扬的嘴角。

后来她终于遇上宠爱她的男人，终于人生找到可以相伴一生的伴侣，那人却身缠重症。帕梅拉几度崩溃痛哭，第二天醒来又觉得自己早就超脱，接受无常也就接受了无偿，仍然可以主持越洋会议，威霸一方。等她流浪回来，你要好好疼她，但千万不要安慰她。

还有三个月前刚送走母亲的芳芳，她有着西方人才有的深目与长腿，一身的见识却只能逐渐蹒跚，蜷居小窝。她母亲在时她受尽控制，看尽业障，她母亲走了她只觉无依。她的眼睛不好了，你要常常唤她出门玩，上下楼梯的时候要扶她，要让她觉得自己没被遗弃。她喜欢红酒胜过白酒，她喜欢鲑鱼豆腐煲。

月朦胧鸟朦胧，晚风叩帘栊。

米歇尔，这不是一帘幽梦。

你要注意燕子，不要让她再去那个道场了。

那个上师看起来像色鬼，她还拉下老脸募款。大大小小的道场法师只要看到媒体文化人与有钱人就拼命吸收，贪得跟一般人一样。不就是虚名与实利，信徒的死心塌地不用成本。我赌咒我在那个女信徒膜拜的眼中，看到的是少女漫画中的梦幻星星，不是哲学的清明之眼。

你顺便告诉芳宜，那个心灵成长课程不要去了，世界上真的有坏人，不是正面能量就会吸引正面结果，《秘密》只是一本畅销书而已。

还有优雅的迪娜，她坐拥豪宅与财富，她曾经抛弃家庭也尝到背叛。我无法忘记跟她泡在温泉里，惊讶地见她过了更年期仍有丰满高耸的乳房，细致的皮肤与腰肢，她却只是哀伤地看着前方树林。

米歇尔你真的不要担心我了，我们会幸福。

你把歌本给我。

米歇尔你其实为那男人心动吧。那个凌晨，你坐在他腿上轻轻晃动，说着小时候的事，重复看着照片，交换傻话。

你说你拒绝他？因为他说爱你一万年但你不信？

就算他真的爱足一万年，你终究只得一场多么痛的领悟？

爱男人，不要信任他们。

寒风吹起，细雨迷离。

我唱歌真的好听吗？

是的，这男人是我偷来的。

他今天睡我身边就不再是你的人了。

我偷得一宿也算恩义，赌到一生便是我幸。

你们是豪杰，我是戏子，但我明天醒来就成为好人了。

歇斯底里患者的犯罪告白

我依赖的人，砍掉他的手。

我渴望的人，划花他的脸。

我崇拜的人，戳穿他的心。

我好奇的人，阉割他的脑。

我爱的人，剁碎他，杀死他，全部。

没人可以让我牵挂，一个都不能留，我天下无敌。

他们是怎样说你们这种缘分的？破镜重圆。我盯着镜上的裂痕诅咒你们分分合合且合久必分。他们怎样说我们这种邂逅的？露水姻缘，命运的捉弄。你又何苦捉弄我？我又何必委屈，委屈尚且求不了全，委我的屈求你的全吗？

山川如此多娇，呸，我只觉得天地不仁。

仇恨让我成为无懈可击的刽子手，恐惧让我敏锐出奇嗅得出危险。我日日复习回忆的痛楚，吃食隔夜加热的怀疑，专注练习锐利的刀法。除掉所有的依恋，便不会受伤，便能自给自足成为一个完美运转的自我宇宙。谁都不准靠近我，除非你立誓爱我比石头还坚硬比未来还长远。

不，这次你起誓我也不会信。

我的手上都是血。我在山顶用屠杀后仅剩的力气，唱人生最后一首哀歌，隆重的怨恨，激切的陈诉。刺穿胸膛的歌声，我的绝命高频可以震天撼地。

不是我不爱，就算爱了我也预见哀愁的未来，就算要了我也知道背叛的到来。胡来的混账，你付不出生生世世长长久久刻骨铭心的珠宝，瑕疵就是破烂。你无法一夫当关，我可以承受千夫所指，我不在意，我要你成我的靶。

风一吹我便听到全世界刮起窃窃私语，细碎语言蚂蚁一样爬满我全身，咬啮性地疼痛侵扰、腐蚀我的身体。

但我不怕，不怕与世界为敌。我都不爱了还有什么好怕的？

左手挥出幻成美杜莎的蛇发，右手指天裂成闪电，脚一顿地海啸狂卷。

被弃者的正义何在？我自己来下结论，我来制造结果。起码我犯下的罪刑是我自找的，是我导演的，是美丽除以时间。

胖的床，窄的人。

赤的天，灰的地。

风的火，沙的月。

坏的栏杆，苦的凝望。

一面镜子，百场干戈。

我飞天遁地，杀生无数，罪无可赦，死不悔改，赌咒绵延远过世界尽头。

凄凄切切我也唱得清清脆脆，字字句句我摇摇晃晃念得清清楚楚。

你们怎能伤人薄幸掠夺财宝仍能感时伤怀道貌岸然且仁义道德？

没道理你们的冤冤相报一回头仍能百年好合?

没道理我的真心真意一转眼就是一晌贪欢?

这是什么律法,残暴不公。

在世人眼中我只是个悖离常规变态凶残的恶女吗?只因我的手上沾血?

僵化的脑子不要再读书了,你不过寻求更多证据佐证狭隘。

没有天分的手脚不要弹琴了,你不过摆弄姿态当个明星。

卖弄元虚构的不要再导戏了,你不驯的弱智写写艺评就好。

我心中的正义单纯简明地如同小学课本的第一章,为什么你们这些挥舞正义旗帜的队伍要对我苦苦相逼迫害指责?

死亡是统合狂喜与绝望的工具。

十米思念织成的红毯,是槟榔汁吐出来的。

三丈长的缠绵是计算机合成的单向关系,当真就踩空。

你弄脏了，你弄皱了，碰坏了我原本光滑的纯真。

我充满嫉妒。当你们连凝视都成孪生，我只能一刀一刀将我的捧在手中的温柔剁成碎烂，散得一地的东西连狗都不吃。风吹过了腥臭散了，便什么都没发生过。

杂碎是杂碎，杂碎也只是杂碎。

天天。天天。

我再也不需等待繁星之夜，再也不需仰望满月之时。今夜就了断。

我疯狂的花腔颤音连鬼神都惊泣，而你无动于衷。

十年

近日我常想死亡的事情，益发明白我们此生再也不会相见。

凉薄的人世，炽热的思念必然与稀微的缘分配对出现。

这就是老去的感觉吗？亲爱的，当你清楚地感受到时光在身体里水似的一滴一滴下沉，从毛细孔织成的滤网渗出，身体的重量走了一半，滴干了之后却还是怎样也摆脱不了那蒸也蒸不干的湿漉潮意。

于是你起身，在夜里的浴室，用铁丝拼命刷洗着自己的内脏。

我最后一次见到你是在告别式上，看见你黑色西装上头的灰白头发，直挺地走到灵堂上香。那天太阳好大，你告别猝逝的友人。我一看见你的背影就顾不得礼仪站了起来，没命地往外逃跑，生怕自己被你看到。我躲在很远的角落，忍不住又停下脚步，怔怔地凝视你捻完香走出，与众人寒暄，一个人站在礼堂外对着天空望。我心里头有一个很软很软的地方，酸了起来，立刻转身上车走，我不要看着你走开。

老了就好。我们分开多年以后，有次我在错乱中拨了你的电话，哭着对你说，老了一切就都好了，老了，就不再有欲望，不会有渴求，不会有痛苦。老了就都好了。

你说，老了不会就好了。老了不会不再有欲望，老了那欲望甚至更加猛烈，意志更加强悍，只是相对于败坏的肉体、折磨的记忆催逼，那份欲望尴尬地困在体内。难道你以为老了我就成了变形金刚了吗？

你说，老了以后，我们只能试着庄严，试着挤出一点点也好的慈悲。

我听了更绝望，老了也不会好，时间竟然不能解决一切。

我到现在都仍惊奇于他人观看世界的方式，他们在世间画出一个江湖，幻想自己是比武天下求第一的少年侠士，谁是刺客，谁是将军，谁是走火入魔的邪僧，谁又是人面桃花，谁是菩萨动念，谁是白面魔神。一个一个人被标记与放好了位置，一次又一次在虚拟的世界中过了关斩了将，丰功伟业。也有人将地球画成罗曼史王国，谁揽镜自照又独向黄昏，谁锥心刺痛又爱恨难分。

而这世上真有江湖吗？你逞凶斗勇这世间便化成战场，你花容月貌这人间便幻成情爱迷梦织锦。

我从不相信仁义道德的动机，倒在偏执疯狂中看到几分诚恳。

我总是谨慎地躲开复眼下的竞争硝烟，规避虚构的情事艳艳冉冉，却怎样也找不到自己观看世界的方式。偶有歪斜到简直聪明的体会，却总不成个体系。

我只在意无声无息的小事，有人疲惫地倒下，或者小小的纯真遭到劫夺，或者不合时宜的认真遭到嘲弄。

其实时间过于永恒，看着我们它根本哈欠连连。

意识到这点，我开始崩解瘫软，不愿廉价地制造艺术的传奇，不能将就将爱进行到底竟是轰轰烈烈的口头说说。逸乐糜烂是人之所趋，我会懒到沧海必然桑田。

然后便忘了我的亲爱，便忘了曾经人来人往。

辑三

小　　小　　人

姐弟

　　姑妈的告别式上，我跟我弟并排坐，那与家族不相干的司仪以戏剧性的音调哭诉至亲分离的难舍，加上行礼时播放的俗气音乐，刺耳地刮着耳膜。其实这礼堂是要求过了的，没有过度俗艳的摆设，我还是不舒服地坐直了脊背。

　　可我弟很冷静，他从小就很冷静。

　　我忍不住靠过去小小声说："那个……我单身……"

　　他连正眼都没看我："嗯?"

　　我吞了口水，继续小小声地说："所以……以后帮我办丧礼的应该是你。"

　　他没有反应。但我很熟悉弟弟就是这样子，于是继续说："我的葬礼，就不要弄这些了，千万不要找这种司仪，随便找个我还活着的朋友就好，想上台说话的人就让他说说话。还有音乐，我会先列一张单子给你，放我喜欢的歌，要不然干脆不要音乐。如果你想找乐队，要找质量好一点的来现场演奏我想听的，但我想你会省这个钱，那就还是放我喜欢听的专辑好了。"

　　我弟还是面无表情地看着前方姑妈的遗照。他不理我，我很习惯了。

　　"你不要这种司仪?"过了好几分钟他突然低沉地说。

　　"嗯。"

"你不喜欢这种音乐?"

"嗯。"

我瞄了他一眼:"可以吗?那就拜托你了。"

说到这里我自己都有点感动。我看我弟虽然面无表情,但我猜想他一定也陷入要帮单身无依靠的姐姐办丧礼的哀愁中。

结果,他说:"嘿……你求我啊!"

他补了一句:"反正你落在我手上了……"

我跟我弟从来就不是那种关注对方生活起居的亲密姐弟,也没有什么共同兴趣。我们不太交谈,有时在外人眼中我们之间甚至是过度礼貌而疏远的。我们只会偶尔对彼此放冷枪。他说我是他认识的最糟的女人,未来娶妻的智商底线就是我的智商。

我弟有张童星等级的脸蛋,长大却成理工宅。我弟从来没喊过我"姐姐",他都叫我"小姐"。

念书的时候同学打电话来,我弟接的,回头说"小姐,电话"。同学误以为我家排场很大,用人喊我"小姐"。

我曾经试图扮演姐姐的样子。他考上大学的时候,我跟我妈要了钱,带他去买时髦衣服,因为他有一个同学聚会。我尽力为他打扮,要他穿上花衬衫配米色休闲裤。

晚上他聚会完毕回家,仍然一贯的冷淡和面无表情。我按捺不住,晃过去问他:"你同学觉得你变帅了吗?"

我弟没说话,把花衬衫脱下往床上丢。

他说:"我同学只说'你姐搞出来的吧'。"

我知道我弟的人生没有什么是我能插手的了。

我们各过各的。他出去读书好多年，他回来之后，换我离家多年。

我再回家的时候，我弟结婚了，有自己的家庭。

我跟我弟总是错过。再相见，都老了。

看着自己的弟弟变老，心情很复杂，尤其是我只能从他白发增生的速度，明白他其实吃了苦，而我无能为力。

我最近常想起跟我弟相处的小事。

我读书不太费力，但老帮男友写作业。有次我帮某任男友写报告，我弟经过，问："这是什么？"

我嗫嚅着："没什么。"

他回到房间，几分钟后又走出来。我弟说："你恋爱不干我事。但一个男人连功课都要女友写，这种东西不交也罢。"

他回房后，我的眼泪滴到桌面上。

我常跟母亲吵架，独自在房里哭到气喘。

有一个下午我哭了两三小时停不下来，突然一盒纸巾咻地飞过来，准确地砸在我头上，我弟说："你擦一下吧，今天太久了。"

他不问缘由也不安慰。

我认识一对长辈夫妻，他们相约来世还要相守，但是约定来世不要再当夫妻，要当兄弟姐妹，因为这是业障最轻的家人，至亲却不一定落至怨恨。

我弟结婚那天，我负责收礼金。我扎实地把款项分类，账目写好。忙完了想进去吃喜酒，却发现宾客太多，没有我的位子了。

我独自坐回外头空荡荡的走廊，越过一桌桌客人，远远地望着我弟与弟妹，在拥挤中一桌桌敬酒。

"姑姑。"表哥的大儿子不知道什么时候出现。

我敷衍地笑了一下，继续看着我弟。

"你别哀伤。"小男孩说。

我强压住震惊，对过度早熟的小男孩郑重澄清："我不哀伤。"

"姑姑，"他说，"你看起来很哀伤。"

我看着他，跟我弟小时候一样，深深的双眼皮，高挺的鼻梁。

"我陪你。"小男孩跳上我身边的椅子，晃着他够不着地的两只脚。

我红了眼眶，轻轻把手搭上小男孩的肩。

猫额头

秋子猫跑走了。

我捞起钥匙奔出门，沿着阴暗巷弄呼唤寻找。

秋子，妹妹咪，宝贝，女儿咪。

一边走一边找我白软的小母猫，一边掉眼泪。

是太好玩了是迷路了还是受伤了还是你不要我了？

整个社区的猫好像一起消失似的，这是一场猫咪的集体出走吗？我蹲在巷弄中，鼻涕从红肿的鼻头滴落在石子地上。

我回家点亮了灯，等待秋子回家。我必须相信她是爱我的，她会回来，我没有别的选择。

黑夜中下起雨来。我担心我的小母猫淋雨受冻，再出门找。雨中的小巷黑黑蒙蒙，我的胃愈来愈紧。

没找到。我昏昏沉沉地靠在床上。

半夜三点不知为何我突然坐起身来，打开卧室临防火巷的窗，叫起秋子。

我听到秋子喵喵地回应了。

我狠命地把头从出租屋的小铁窗卡出去，见到我的白色小母猫在夜里发着光，在防火巷头某栋建筑的屋檐上。她的叫声开始委屈难过，我便知道她想回家却找不到路。

小母猫看到我，可是没路过来。她急了，从那家的屋檐纵身一跳，奋力跳到另一户离我比较近的窗沿上。

我的心快停了，那是做了罩形防雨的窗沿。我的小母猫跳上去，根本抓不住，一直往下滑，她拼命挣扎试图抓住。那个楼层高度，秋子要是掉下去，我不敢想象。

我们母女就在同一个防火巷的两栋楼的斜线窗口，拼命叫着对方，就这么近，都看到对方的脸。但是她怎样也跳不回来，没有邻近的其他窗口可作中介，也没有突出的梯子和屋檐。

秋子挣扎着不让自己摔落也不肯离开，我知道如果我一直站在她视线内，一直唤她，她终会奋力一跳。可是看这歪斜角度与距离，秋子跳不回来，会摔下去。

我哭着心一横，关起卧室的窗，把灯也熄了。要让秋子明白这窗不是回家的路径，妈妈不在这窗里，也没有灯，快快放弃离开，去找别的路。

这条路距离最近，但这条路不对。

我初始还听到秋子在外的叫声，然后雨声大过秋子的叫声。

我的孩子。

我听人说猫额头是奇特的地方，猫咪肯让你碰额头代表她接受你。我从猫咪还是"北鼻"时便每天按摩她的小额头，迷恋地看着小虎斑纹如外星符号，逐渐收拢在两眼中间，形成一个小尖角。

我从没打过她，气极也只用食指点点她的额头。我喜欢拿自己的额头与猫咪的额头蹭，人生只有此时确认相爱。

天一亮我又出门去找秋子。

这次她停在邻居的屋顶上惊吓，太高下不来。

我上来抱你，不自量力的我对秋子说。

我先跳上邻居停在墙下的摩托车，再翻上墙，但从那堵墙到高大屋顶，还有一段距离。惧高的我攀着邻居的墙开始发抖，但母性让我不肯放手。僵持太久，我攀在墙上的奇形怪状给早起遛狗的邻居夫妻发现了。

太太对丈夫说，帮帮她吧。好可怜。

邻居丈夫叫我下来，他要帮我爬上去救猫。但他也爬不上去。

气喘吁吁，他拜托太太回家搬梯子。

这一次，他顺利攀上墙爬上屋顶，伸手抱秋子，秋子立刻跳远。

他回头对我说，不行，她怕我，她要你。

于是我攀着梯子爬上墙爬上屋顶，忍住惧高的僵硬，秋子慢慢走到我眼前。我突地伸手紧紧抱住秋子胖软的身体，紧紧地。

下来吧，邻居先生与太太叫我。

现在尴尬了，我说，下不去。

那对夫妻观察我的处境，我在梯子顶端，两手紧紧抱着猫，的确不知道用哪只手支撑着下来。

太太下了决心对她丈夫说，你去抱她下来。

那个画面极其诡异荒谬，像极了某种特技演出。

我两手紧紧抱着胖猫，邻居先生两手紧紧环住我的腰，在梯子上，猫与我与男人黏在一起，扣着彼此。他往下走一梯，我便贴着他的身体往下挪一梯，一梯一梯地，好久之后终于回到地面。

我回到家开始痛哭。秋子卧在我身边，表情仍有惊惶。

我看着她贵气又傻的眼睛，把她抱在我腹肚。

对不起这辈子我没办法让你走，对不起。

秋子竟用猫额头抵住我的额头，将小手掌平放在我胸前。

Track 39

物质的美好

池塘边，他递出小便当盒，要我打开，里头是炸虾。

他说，虾子买的时候比较大，不知道为什么炸了以后，缩水似的。

黄金小虾子弯弯曲曲地躺满盒子。他一早起床上市场买虾子，在厨房里头裹粉，亲手炸。

我瞅着他，然后问，怎么，你不会喂我吗？

这是我唯一收过的情人节礼物。

人送你什么礼物，多反映他自己的价值观。不久以后，他也要我用食物表达我的在乎。他坚持要我下厨煮菜，难吃也没关系。

换我端出小盒子，里头是红黄相间的甜椒炒牛肉。

他吃到一半，我实在看不下去，抢过小盒子阻止。肉太老了，太咸了，别吃了。他面无表情说，还行。然后吃完了。

想想我收过的礼物好少，一只左手就数完了。

我收过一首歌。

对方拿起吉他，要我坐在对面。

我有礼貌地挂着笑。他中断三次，忘了下面，吉他弹错。他中断问，不好听吧？我摇头，很好的，你继续。

事实上，旋律怪，词很土。他走音严重，我也不太明白音痴为什么想作曲当礼物，唯一可能是他没发现自己是音痴。

唱完了他尴尬，说，我送你别的？

我点头，开口要一瓶指甲油。

物质是很重要的。在物质上慷慨的人，在情感上未必大方。但物质上吝啬的人，在情感上必然吝啬。

心意光用嘴巴说，却没礼物，这种人绝对不可信。那感觉就像是怀念祖先，用心就好，何必扫墓祭祖。很重朋友，何必写信电话或见面。总在夜里怀念旧人，所以根本不需照片。

现实是不去扫墓你三年都不会想起列祖列宗。不联络见面，却说是好友，这种话做直销的爱讲。不翻照片，你不追悔曾辜负过谁。

人没有那样高尚。形式很重要。

所有艺术史的演进就是物质与形式的一再革命与突破。以诗为例，因为既有的语言表达方式再也不能表达内心激切的感情了，因此打破了现有的形式，打碎了惯例，创造新的语言形态，满足那份亟欲沟通的渴望。视觉艺术的进程也出自物质形式的一再变革，因为对这世界的看法新颖充沛，必须创造新的物质组合，形式到位，精神的进步相随，前卫因此诞生。

爱情也是，必然饱含某种创造性的欲望。将心意转化成某种印记，对过往赋予重要性与象征性。物质是虚幻情意的稳固支点，物质与精神从来不站在对立面，而是彼此的救赎。

这不是拜金恋物，我真正明白物质的美好。

我身边就有这样的人，每天说思念，跟你谈福柯，却连一杯美式咖啡的钱都不愿替你付。还有长发潇洒男，你从家里带出两颗大水梨，他吃完他手上的，还指着要你手上的那颗。你听到他说，你家反正比较有钱，你常吃。

一个习惯掠夺或支配不属于自己物质的人，必然贪婪无义。

当我摩挲羊绒披肩，感受到颈项之间的细致柔滑，我总觉得，情人不死也会跑，物质与回忆会天长地久。

物质不灭定律，可情感无常。

很多年后，我一上地铁就看到他。心漏跳了一拍，我本能地转身背对，然后我觉得蠢，头低低赶紧避开走到另一节车厢。我又忍不住远远偷看。他双脚夹着购物袋，闭眼打盹，我放心了，那代表他刚刚没看到我以及我的蠢样。

那个炸虾给我的男孩，老一点，蓄胡子了，现在不知是谁的父亲与丈夫。但仍然明朗稳重，还是我当初一见钟情的那张侧脸。

迟钝而饱满的什么东西在我里面发作。

广播到站，他以前总在这里陪我下车。我抬起头，想看他最后一眼。

他突然睁开眼，与我四目对视。

我惊叫出声，往外疾冲。我对迟迟不能放手的愤怒难消，对已经放下的，那股护持的温柔又强大到连自己都吃惊。

软软地，涨涨地，我在喘息中也才惊觉，过去了，都过去了。

说话

那男人一走进来我就有种不祥的预感，叽叽喳喳，吵吵闹闹，声音刺耳，一直说一直说。在这样拥挤狭小的经济舱长途飞行，没有比旁边坐着一个爱说话的人来得倒霉了。不要是我，千万不要是我，他有一群同伴，他们会坐在一起。但我看见他走过来，停在我旁边，开始摆放行李。

我吸了口气，就是有这么倒霉。我立刻把眼睛往下移，避免与他眼神接触，把音乐耳机戴上。我还是可以听到他呱啦呱啦地跟另一头的旅伴大声讨论。

"小姐？小姐？"我听到他喊我，"小姐你是要回香港还是回台湾啊？"

我决定当作音乐太大声没听到。

他用手指碰碰我。我只好抬起头来。

装死好了。不，我灵机一动，装日本人听不懂中文好了。

我睁大眼睛看他，没有表情，眼神里刻意装了大量惊讶与不解。

"你刚去哪些地方旅行？"他继续，脱下身上的外套扭头问。

我决定继续演戏，把头偏向一边，镇定地，眼睛这次装满无辜，眨了两下。

他沉默了，我成功了。我微笑，耸耸肩，低头调整安全带与小毯子，觉得自己好聪明，逃过一劫，决定戴上耳机听音乐，很得意。未来十几个小时，只要一直沉默，就不需要跟这家伙说话了。

"欸，小姐……那个，你是中国人吧！"

那男人的脸突然靠得我很近，他指指我腿上的东西："这本村上春树是中文本吧。还有，小姐，你书拿反了。"

我面红耳赤，脑门充血，没料到自己糗成这德性。我咬着唇说不出话来，然后恼羞成怒，站起来把腿上的书、小包包抱着，气冲冲地走到另一个机舱，看到空位一屁股坐了下去。生自己的气。

我还听见那男人的嗓门从另一个机舱传来，正在对他的旅伴大声辩驳："我又没有惹她……我哪有惹她……我怎么知道她干吗走开，要不然去找她，大家讲清楚嘛……"

我怯懦地用小毯子蒙住自己的脸，蜷起身体，睡着了。

多数时候，我很怕说话，因为不太懂得怎么跟陌生人合宜地说话，逐渐地就变得退缩。我会开会，谈事情，但是，我不太懂得聊天。聊天不是谈某一个主题，聊天像是两个人要交换分享什么，可我拿捏不了这分寸。

我怕美容院的洗头妹妹或设计师喜欢聊天。

"你是做什么工作的啊？"

"为什么别人的上班时间你可以弄头发？你开小差对不对？"

有时候我把头埋在杂志里，避免开启一段谈话。

因此我选择的设计师，通常都不是技术好或是最合意的，我会选那个最沉默、最不想说话的人，长期固定下来帮我弄头发。

但小妹妹仍然新鲜，会探下头来，一边搓洗头上的泡泡，一边弯进我跟杂志之间："你在看什么啊？"

我只好咧出笑容，压抑自己的害羞别扭，开始说话。

一切都是因为寂寞吧。

因为寂寞做的傻事，因为寂寞犯的罪，我们都要宽容。人家只是想说话，你就要好好地陪他说，不要因自己害羞伤了别人的心。这是我每次对自己的提醒。

亟欲沟通的渴望，亟欲分享的迫切，才会让这城市的每个人一直说个不停。因为一直说却不被理解，于是人们也忘了要聆听。大家只好焦虑地继续说。但大家拼命地说，说出的话却不被倾听，于是那些言语散失在空气中，变成小小的漫天沙尘。

失效的沟通。

明知徒劳无功却仍重蹈覆辙。

大家都像金鱼在水里拼命吐着泡泡。

按摩的时候，胖胖的按摩师一直说。

"你第一次来吗？"

"嗯。"

"结婚没？"

"没有。"我按捺住恼怒，因为全身很痛很累，想要得到快速的纾解。

"为什么没结？你几岁了？"我不回答。

"喔……喔，你全身都好紧绷喔，你是怎样，很累吗？"

"嗯。"我从鼻子哼出声来。他的声音好难听，我全身好痛，他一直入侵问话，我无法放松，脆弱得想哭。

"这样可以吗？会不会太大力？我看你瘦成这样。"我不说话，他更大声问了："欸，我在跟你说话耶！"

然后他拍了我的屁股："你瘦归瘦，但屁股很有肉耶！"

我爆炸一样整个翻坐起来，咬着牙怒斥："现在是怎样？你现在是想跟我聊天吗？"

那肥胖凸眼的男人说："是呀！"

我咬着牙对他说："可是我不想。"

他仿佛受了伤，不说话，粗糙用力地按我全身。

我的牙医总是把钳子夹子伸进我嘴里后开始跟我聊天。

"这里会痛痛的？有点酸？这里吗？不会吗？"

"啊……啊啊……"我只能睁眼看他，发出呻吟。

"最近写什么文章呢？"

"啊……啊……"

"你今天画了眼线哪，还有眼影，不过你左边的眼线画歪了。"

"啊……啊啊……啊啊啊……"

牙医叫我漱漱口。我吐掉嘴里的水，恼怒地问他："你为什么每次都趁着你在我嘴里敲敲打打，我什么话都不能回的时候，跟我聊天？"

牙医愣了一下，耸耸肩说："其实你啊啊啊的，我也知道你要说什么哪。"

我狠狠地瞪他。

虽然害羞，老怕说错话，但有时候我也会陷入那种焦躁疯狂，拼命想要说些什么，用力地，毫不间断说话的时刻。

那份欲望如此强烈，可我却不很明白自己究竟想说什么。其实也没有人可以让我放心放松说个不停。

在这种着魔的时刻，迫切想要感觉自己与谁相应相属的时候，我有时候会上脸书。

然后我便看到密密麻麻的言语碎片爬满整个计算机。

细细碎碎的情绪粉尘，布满整个荒凉之海。每个人对着得不到回应的银河说话，这甚且不是语言的妓院，不需付出代价就挖出肠肚的魔域。每个人都回应着自己根本不想理解的言语，叨叨絮絮自己的身世。

永远得不到回应的呐喊，永远化不成温暖的鼓励。

你清清楚楚地看到那个女人曹七巧般的刻薄恶毒，用吹火厚唇在不同人的留言上小丑跳梁。你也明明白白地看到，那个躁郁症患者五分钟之内在十几个人的涂鸦墙上贴满的社会正义、扶助弱势的呼吁。

饿鬼的寂寞道场。

于是我满腹想说的疯狂欲望倏地冷却。

于是我开门，进行夜间的散步，幻想自己是刺鸟，刺穿了胸腔，用血混着寂寞，便可以唱出绝美的歌声。

主语的使用

艺术家跟我对着那幅抽象画沉默。

"其实挺好的。"我对艺术家说，色彩运用与某种愉悦气质其实挺有趣。

艺术家撇撇嘴："我们看东西跟你们不同。你们觉得这样好，我们未必这样看。"

他的主语不说我，他说我们。

像刀划开一样。

我开口："你刚刚说的我们，指的是你跟谁？"

他没料到我会直接问。他不回答，耸耸肩。

我知道他的意思。他说的我们，指的是"我及跟我一样有艺术才能的人"，而你们，指的是"像你这样的普通人、门外汉"。

我的朋友曾经介绍我参与一个口述历史研究方法的实验计划。口述历史并不是访问一个人，将这个人说的一切全记下来，就可以作为史实资料这样简单。这个计划强调的是口述内容的分析方法，从每个受访者惯用的言说模式，分析受访者特质及与口述内容的关联性。一个人惯用的言说形态，很可能会影响到他言说内容的可信度。

我进入研究室，博士候选人要我谈自己的生涯规划。

我的母亲希望我读理科。我知道我天分兴趣不在此，但我不希望任何人不高兴，还是读了理科，但我选择了不用修习生物化学的科系，经济会计微积分。我知道这不是我想要的，于是默默报考了新闻研究生。但我知道这仍然不是我想要的，媒体工作跟我的本质不合。我又默默修习当代艺术，告诉他们谁让我写艺术我就可以上班。我知道这仍然不是我要的，艺术评论让我厌倦。我辞职写作，钱花完就开始找工作，这次我白天工作，夜里写小说，用身体当赌注。

这是我的生涯，没有戏剧性的革命，只有微调。慢慢向自己要的靠近。静默而漫长。

我讲完了。

我讲的内容你没有办法用对吗？我从博士候选人的沉思中读出来。

他点点头，亲切地说，没关系，本来就不是每个个案都可以用。

为什么你没办法分析我的话？我问他。

因为你的文法正确，干净没有废话，只有简单的陈述句，我找不到你任何的惯性模式。你不说故事，直接给我你的结论与信息，其他都不给。

他关掉录音机，试图让我理解他在做什么。

他说，有的人说自己的生涯，喜欢说故事，一个故事接一个故事，讲自己与家人，说职场同事的相处，或者某个贵人与关键性的事件，生动活泼，感伤落泪。

有些人说："我觉得自己这样很蠢。"

同样的话，有些人习惯的表达是："我对自己说：'你怎么会这样傻呢？'"

仿佛有两个自己对话似的。

他说，主语的使用很关键。

有些人就是没办法说我，必须说我们。

这种人不说"我觉得这部电影好看"，他们说"我们觉得这部电影好看"。

这种人不说"我不能认同这个粗暴的笑话"，他们说"我们不能认同这个粗暴的笑话"。

刻意制造优越感或距离感吗？我问他。

不一定的。博士候选人说，喜欢说"我们"的人，可能出自两种心理。一个的确是制造距离感。另一种则可能出自没自信与依赖，这种人的主语总用我们，因为他喜欢自己依附于、属于某一群人的想法。

我想起那位艺术家，生了点宽容。也许，他必须随时提醒自己属于"有艺术天才"的群体。

我也想起男人。有一天他找我，我们晚上站在路口吹冷风。

"你新年假期要做什么？"我一边发抖一边问，心里期待也许他会找我。

"我们要自行车旅行。"

我倏地全身静默，伴随着疼痛。

我知道他说的我们，指的是他与他的爱人。

我们之间有条大河，怎样也跨不过。眼前全是雾气。他的世界对我来说如此陌生，而且他一点点也没有要把我纳入的意思。

而我竟然还眷恋。我刚刚甚至将命运握在右手掌中，想要递给他。

但现实是，你是你们，我是我。

于是我将握在手掌中的命运，对折再对折，叠成小小扁扁的纸条，静静塞回牛仔裤口袋。

Track 42

蓬门碧玉红颜泪

　　瘦高长发少女歪斜晃荡地走在荒废铁道上，她的全身有一种磨损的梦的气味，她身上那过度卖弄的成熟衣着，艳色都陈旧了，化成一股诡异的稚嫩与风尘。她戴着叮叮当当五颜六色过多也过大的项链、手环，哼着歌，踏着铁道。美国南方的太阳光，燠热潮湿，荒芜的铁道与废弃的老车厢像一个封存的记忆盒，通不到外头的世界也连接不到未来，只是将过往的一部分剪下来藏在这里。

　　那女孩像游魂，这个偏僻小镇不会有未来，她也不会有未来，她只能重复过着早为外面世界遗弃的陈旧生活。

　　她告诉男孩，她身上的洋装与首饰是姐姐的，她死去的姐姐。

　　那时候还是幼童的我根本不知道这部老电影大有来头，主角是娜塔莉·伍德以及第一次主演电影的罗伯特·雷德福，也不知道导演是西德尼·波拉克，不知道编剧是弗朗西斯·科波拉，更不知道电影改编自剧作家田纳西·威廉斯的《此屋不堪使用》（ *The Property Is Condemned* ）。这些都是长大之后才知道的。

　　不知道怎的，小时候看的老电影画面总一直在脑子里盘旋，怎样也跑不掉，那些老电影比我的年纪都要大。像这部一九六〇年代的《蓬门碧玉红颜泪》，我在电视上看重播，我记得母亲用手抹去眼泪，更清楚地记得电影里那个叫作道森的南方小镇、阳光分子与温湿度的感官。几十年过去了，只要动念召唤，那些储藏在我体内幼时看的老电影记忆，便立刻启动，整个感官知觉开始运作，那份青春美丽却无处可去的绝望立刻降临。

那少女的姐姐美艳不可方物，是小镇里人人垂涎的对象，姐姐很早就懂得卖弄风情。她们的父亲早早抛弃了家，母亲操弄女儿，利用女儿的漂亮去换取经济的好处及自己的需要。姐姐一直撒谎，她骗别人她去过许多地方，看过许多风景，还说父亲有一天一定会回来，其实都是姐姐想脱离窒息的母亲与小镇的幻想。

这时来自外地的金发年轻人欧文出现了，他代表铁路公司来小镇裁员，与美丽狂野的姐姐相恋。因为欧文的到来，小镇有一半以上的人失业，大家都敌视他。

欧文戳破姐姐的谎言，与姐姐针锋相对，也爱上她，想带姐姐走。可母亲希望姐姐嫁给有钱的老头，刻意离间这对年轻爱侣。

欧文一走了之，把姐姐留给她的母亲与豺狼。姐姐发狂喝酒挑衅母亲，冲动之下与脏老头结婚，新婚之夜姐姐偷了老头的钱跑去新奥尔良找欧文。

那电影里有许多新奥尔良场景，复古风情的街道，华美优雅的线条。相爱的人好快乐。可姐姐想妹妹，想把妹妹救出那个小镇，写明信片给妹妹。

母亲便来抓姐姐了。欧文挺身对抗，但母亲说姐姐已经是别人的妻子，当然，姐姐没告诉爱人她结婚这件事。欧文不能置信地望向姐姐，姐姐哭着奔进雨中。

很多年后，穿着死去姐姐洋装的妹妹在荒废铁道边告诉少年，姐姐死于肺炎。

不管后来我怎样叛逆，热衷声嘶力竭的前卫艺术，我总会在一个人时看老电影，像巫师那样召唤出属于自己的隐形庞大密室，密室里储存的都是磨损的陈旧梦境，也许也是一种永远通不到未来的美好。我喜欢那个男生气派、女生美丽的世界，某种我最柔软且不合时宜的感情，只能在这个时候毫不掩饰。

罗伯特·雷德福的笑容有什么神奇的魅力？一球冰淇淋放在冬阳下，冰淇淋外层正要出水融化的那一刹那。罗伯特·雷德福的笑容就是那样。

还有，《血染雪山红》雪地里断了一条腿的男人与哑女的患难真情。《金石盟》充满阴暗秘密的小地方，杀人医生与发疯的女人，年轻的里根饰演被锯断一条腿的富家子。

唯一让我比较难投入的是《金玉盟》这部老片。

富家子与女歌手在欧洲到纽约的船上认识并相恋，约定半年后两人感觉还在的话，便到帝国大厦顶楼见面。女歌手没有赴约，富家子以为自己被抛弃，伤心远走。多年后因缘际会，富家子转型成画家，发现他的大收藏家就是这位女歌手。女歌手瘸了，因为当年在赶赴帝国大厦之约的途中出了车祸。

要是有手机就好了，这是我的结论。这个悲剧，只要一部充饱电的手机就可解决。

当女歌手在纽约路上狂奔赶赴爱人之约就要迟到，不需要一直抬头往上看，也不需要在可怕的车阵中穿梭。她只要拨他的手机。

"抱歉，我迟到了，在路上，我爱你。"

"没关系，慢慢来，我等你，半年了，不差这几分钟。"

随身携带自己的小世界

快被持续不断的言语轰炸死了，快被恶意与情绪暴力杀死了，快被哄哄闹闹的一切压死了。你不想让情绪与语言入侵身体，你不想让恶意与敌意渗入心，可你还是要每天乖乖地接手机说喂您好，每天假意地关心社会，还是要面对无可逆转的阶层体系微笑说我明白我知道我来处理。

因此必须每天随身携带自己的小世界，一个小小的小小的只有你可以进去的小小世界，一个可以把你跟这一切喧嚣以及情绪隔离开来的方式，你随时可以躲进去的、仅容一人之身的小世界。

因此必须随身携带自己的音乐。当地铁里挤满人的时候，每个人身上发出不同的汗味、狐臭以及甜腻香水，周遭开始嗡嗡作响，要连忙戴上耳机，管他是让你心碎微笑的古尔德，还是一心想嫁给他当太太的陈奕迅的火热潮湿也好，那音乐就会包覆住你的全身，仿佛立刻盖上了一个玻璃钟罩，此刻与这一切分离。就着音乐在大街小巷走着，包着身体周围的空气也出现不同的分量感与密度，街道开始以诡异的方式华丽地滑行交错，四射到未来八方，公寓店家以沉默却顽皮的方式融化倾斜。你在你的主题曲里安全微笑，有时则落泪。

随身携带一本书。强迫自己读书里的一字一句，掉进深深爱的梦幻泥淖，便会忘了性的焦虑挫折与性骚扰的愤怒无言。你幻想布洛克在纽约的酗酒与哀伤，与爱人伊莲步行到剧院途中，你试着想告诉他们那实验性的戏剧其实做作又生涩。你开始觉得自己身上也怀着同样的酒气与梦境，尽管在这里，你不推理也可以分享半吊子的哀伤。或者，你选择潜入伊格尔顿的现代理论，用历史与论证，把午后阳光中摇摇欲坠的理智撑好，希望顺便撑好你的骨气。

随身携带一个小小的信物，那是很久以前的纯真，让你相信曾经被爱。

随身携带回忆，那真的是彻底只有自己可以容身的一人世界，一个彻底与他人决绝隔离的世界。快被世界撞坏碰碎成为片片，唯一的方式就是直接跳下那潭根本想要抛弃的过往，那里只有你可以泅泳。在万分难堪的现实之中，浸泡在回忆之中，你开始说服自己，无须痛改前非，重蹈覆辙也不那样糟糕，重蹈覆辙千次之后，那于是变成个人风格。

因此，一副巨大的墨镜是随身携带的小世界。

你总望着车窗外流泪。在行经的路途中，不管是十分钟的地铁、公交车或是十七小时的飞机，你特别容易与过往的片段接轨，人特别弱，动不动泪涔涔。

因此你必须躲在遮掉半张脸的墨镜之后。没人看见你的眼睛红了泪泛开了，不用立刻找纸巾擦拭，眼线、睫毛液因此糊开也不需尴尬。当然，有时那泛水太过了，一条和着眼线的黑色河流一直一直往下，终于流出了墨镜的范围。你还是可以抬抬手指，假意调整墨镜角度，用藏着的指尖抹掉，便可继续有尊严地望向前方。而人们看着你仍旧以为时髦冷酷。

That's a tough girl living in a tough world.（那是艰难世界的一个坚强女孩。）

威尼斯老头

　　我看见我浮出了我自己，一时察觉不出来是怎么一回事，还疑惑着，那是我吧。然后我看到自己维持着昏迷之前的角度，背靠着大枕头斜卧，头发散乱地压歪到侧边，那本《古都》翻在之前的书页，落在床单上。整个房间的黄色灯光都如之前一样大开，床头的华丽复古灯饰、浴室走廊的侧灯，都亮着。然后我看到了他，坐在我床脚对面的椅子上。

　　就是典型的意大利老头，灰色头发，黝黑的皮肤，皱纹的脸上有大眼，神色不耐，灰蓝色保罗衫与休闲长裤。他必然察觉我看到他了，但完全不想理会我，兀自为着什么事情在心烦，抽着他的雪茄。我才觉得奇怪他为什么出现在我房间，他的表情倒是觉得我是哪来的小鬼入侵了他的空间，只是他见多识广懒得理我，眼神也不跟我交会。他皱着眉，霸道顽固地，继续想他的心事。我看着他的雪茄冒出一圈一圈的烟，闻到那气味。

　　奇怪我并不觉得怕，胆小到夸张程度的我，这次竟然不怕。那老头。

　　我的房间靠着威尼斯的运河，从运河下船直接上楼梯就到。我的房间窗户外就是水，可以见到夏日阳光照不到的河道，老建筑物的屋棱与运河水紧临的小檐，老鼠吱吱地跑过去。

　　第二天醒来我走到窗户旁边看运河，找不出房间里昨天那老头留下的任何痕迹与气味。

直到多年过后，我到现在仍然没弄清楚，当时我是真的看到了什么，或那纯粹是一个梦。

我到哪一个城市都会把房间的灯全部打开，浴室、镜台、玄关、书桌、床头灯、立灯，我能够找到的灯一定开到最亮，然后把电视也打开，开在我不懂的语言频道，让他们在盒子里大吵争辩，我才有足够的勇气洗澡睡觉。

其实也不一定睡得好，肯定睡不好，但不这样子做，我只会躲着害怕，清醒着发抖。

有的房间，你走进去就知道可以稍微平静了，知道状态是对的，于是灯打开以及电视开机之后，便可以在床上看书写字然后试着陷入昏迷。也有一次在巴黎的小旅馆里，一进门就觉得不安，我把 CNN 的声音开大了，日光灯开了，整个晚上仍然在清醒昏迷之间来回，肩膀紧得发痛。最后只好起身穿起大衣，去街角找咖啡喝喝发呆。有时则在小岛的饭店，盯着那奇怪的衣柜整夜就是无法松懈。

但我还是旅行，有时也必须一人在陌生城市的陌生房间入住。习惯了这种紧绷以及抽奖般的境遇，通常只要晚上能够昏迷，就算不能熟睡我已经觉得幸福。次日清晨我起床刷牙洗脸，关掉所有的灯，看外头的太阳，继续晃荡或是工作。

小的时候有次我拖着小棉被去睡地板，半夜醒过来发现自己靠着书房椅子脚，而那木头椅脚上出现了狰狞鬼怪的脸孔。我吓得全身僵硬，闭起眼睛告诉自己是梦，然后睁开眼睛发现脸还在。我要自己勇敢地伸手去碰那脸，可吓得发抖不敢，我希望自己大喊出声，但是恐惧发生不测。就这样睁眼闭眼，害怕犹豫，我猜想最后我还是昏了过去。

威尼斯老头是我唯一不害怕的。每次去威尼斯都会咧开嘴笑，商业观光都没有关系，这地方就是令人兴奋心醉，但也因此格外寂寞。但我每次在威尼斯总是一个人晃着，在大热天的街道跟人挤来挤去，傍晚在晒满衣物裤子的巷弄间穿梭。搭水上巴士漂到另一个教堂，看完当代艺术的偾张之后在学院美术馆看到几百年前的教堂三联画，在石板地上见到断首的灰色鸽子。

在威尼斯，格外想要有人陪伴。

我是那种最俗气的女人与观光客，晚饭过后在圣马可广场听乐队演奏，那都是俗气哀伤罗曼蒂克的曲调（石黑一雄的音乐小说里便写过威尼斯卖艺的乐手），谈的也就是江湖通行只有血肉、不需灵魂的爱恋，但我就喜欢这俗气慵懒不需发人省思的诗情画意。教堂在旁边，狮子在港边，天使在头上飞，星星在眨眼，任谁都想就着曲调拥着旁边的人起舞。我身边没有人，也想起身旋转大笑，不过脚尖踏着踏着节拍就感到哀伤。

那时候我想到威尼斯老头，我在这城市还有个朋友。

瓦莉

一九一五年二月，席勒给朋友的信上写着："我就快结婚了，不过为了未来着想，那个女人不是瓦莉。"

席勒最最惊人的作品多是以瓦莉为模特儿的，瘦骨嶙峋但有着巨大性吸引力的瓦莉，红发卷曲的瓦莉，眼睛大又深仿佛什么都不想又像直视灵魂的无辜瓦莉，天真又淫荡，纯洁又像恶魔的瓦莉，穿着长袜的瓦莉，以奇怪角度扭转身体、呈现紧绷性感的瓦莉。

那种神秘且翻搅人类灵魂的穿透力，让瓦莉成为艺术史上最著名的女人之一。但是，没人知道瓦莉的人生究竟发生了什么。

人们无从得知，这股紧绷的神经质，强到几乎是愤怒的欲望，连孤独都要冲破画面的挣扎哭喊，是瓦莉的特质，或是，瓦莉只是作为模特儿，像镜子一样，映照出席勒的欲望。那精神性的阵痛、性欲的神秘高涨，寂寞到要疯狂的特质，其实是席勒的而不是她的。

年轻的席勒到维也纳发展，受到克里姆特的提拔。克里姆特邀请他参展，介绍收藏家。瓦莉本是克里姆特的模特儿，席勒也从恩人那边"接收"了瓦莉。

艺术圈有名媛贵族，购买画作成为施主，也有像瓦莉这样，出身寒微，没有足够的才华与际遇，只能用情感与身体冲撞的女人。

瓦莉遇见席勒的时候十七岁，成为他的情人与缪斯，就这样忠心耿耿了。

席勒喜欢找贫穷阶层的小孩少女当模特儿，他们瘦弱、粗野。在席勒画中，这些小孩饥饿、迷惘，还有一份尖锐的、无法忽视的、正在苏醒的性意识。他的工作室常出现游童，什么都不用做，玩头发、脱鞋子。席勒透过艺术家的魅力与一点金钱，给这些孩子错误而暂时的安全感。

席勒的女性裸体画，不彰显传统裸体画的身体之美，也不同于春宫画在于燃起刺激的目的。性在席勒画中是超越性行为的，是阴魂不散的私密挣扎，紧绷到令人尖叫。

他喜欢夸大他与克里姆特的亲近，过度索求金钱与同情，也因自己惹起的争议，他在维也纳感到窒息，避居至小城纽伦巴赫。

但这个小城的居民痛恨他。他和模特儿同居，瓦莉还为他做家事和跑腿，也替他拜访客户，偏偏他的工作室老有童男童女，并且愿意为他脱衣。

居民发动警察，他的作品被认定是色情画，他被控诱奸未成年少女，关到牢里。出狱后他成为烈士，回到维也纳，事业如日中天。

尽管与瓦莉同居，席勒对住在他们家对面一对中产阶级家庭的姐妹花感兴趣。但这家庭管教严谨，席勒没机会接近她们。他决定追求姐姐伊迪丝，席勒通过瓦莉去认识她们，利用瓦莉让这对姐妹及母亲降低戒心，可以一同出游。

席勒决定甩开瓦莉，迎娶出身良好的小姐。

伊迪丝先找了瓦莉，对瓦莉雄辩自己的爱情。瓦莉始终沉默，她总相信，经过这许多事情，她总是先来的。第二天，席勒约了瓦莉在咖啡馆见面，他话也不说只是递了一封信给她当分手语。信中他说，尽管已决定与伊迪丝结婚，他还是可以分配每年夏天给瓦莉一起度假。

瓦莉谢谢他的好心，没有哭。离开后他们再也没有见过面。

瓦莉一直独身，成为红十字会的随军护士，一九一七年染上猩红热去世。

席勒与伊迪丝十分相爱，婚后席勒画中竟出现不曾有过的祥和。

一九一八年怀着六个月身孕的伊迪丝染上流行性感冒过世，几个月后席勒也因同样病症过世。席勒死时廿八岁，他到死前都不知道，也根本不曾想过，瓦莉在哪里。

比起她的悲剧，我觉得他的悲剧不算什么。

生物距离

生物距离指的是两个同类生物在一起，彼此可以感到最舒服的距离。

电线上停着两只鸟，它们必须隔多远才感到自在呢，就是那意思。

鸟、猫、猪、老虎、花豹、长颈鹿的生物距离都不同。仔细看下去，同样是人，不同国家的人，生物距离也不同。再分析下去，这东西逐渐又从动物性安全本能，变成糅合了文化乃至教养的差异。

那是一种随身的空间权力概念，微妙地隐含每个人对支配性、安全感的需求。每个人的生物距离感，又可以联结到他的自我认同，再看看一个人对他的亲密对象可以出让或妥协多少距离，便形成一个光谱，简直像指纹一样的个人专属的辨识系统。

搭乘地铁扶梯的时候，我总习惯跟前面的人隔着一格距离。我不能理解排队买东西的时候，有人要紧紧靠着前头的人站，包包还擦到你手臂。还有，一张长沙发，有人一屁股坐下就紧贴你，有人坐你身边但留空隙，有的则坐另一端说话。

我最害怕的是跟女孩一起上街，女孩二话不说将手穿进我臂弯，勾着攀着，更把身体一侧贴上我身体，简直像情人一样黏着一起走。我被贴着的那侧身体，生出麻痹感，全身不自主地僵硬。但生怕伤害他人的感情，我总是木着身体，克制尖叫的冲动，忍住无助与委屈，僵直地被她们勾着走。

我身边有一个这种症状严重的女人。她一开口就有少女态，撒娇黏腻，她更以撒娇黏腻变形成权力，支配她那个姐妹团体。

面对面说话，她站的位置总让我痛苦。她站得好近，脸贴近我的脸，我闻到她吐出的热气，看到她的毛孔，感到紧绷。我老借机要她看旁边的不相干的东西，快速往后退半步。她却笑嘻嘻的，什么都没感觉到，本能地往前向我踏半步，再度以那种接吻前的预备距离，对我的脸吐气撒娇。

她勾着我走路，真是将身体半边都压上来。我被她黏着走，眼眶不自主地泛泪。我发现我出于想逃脱的本能，一边走一边往旁挪动，她紧迫贴人地还是紧紧黏住，不管我怎么挪，她贴住。

后来那画面变得可笑至极。我一直往旁挪，她一直贴住，走着走着，我们的位置顺着我的不停挪动，从人行道中央逼到大马路边，再挪就要走上车道。

我哽咽了："你到底想怎样？我都要走上大马路了，你还一直贴过来？"

她睁大无辜的眼："你到底是怎么走路的啊？"

我开始学国标舞的时候，关于必须跟不熟的舞伴或老师抱在一起扭动，演出情人的渴望爱恋，花了好久才能不害羞。我的表演欲最终克服了我对于生物距离的需求惯性。我也可以开始搔首弄姿，并且仰赖对方的身体。

"来吧，乖，你从那头转圈圈一路冲到我身上，你要注意脸上的表情，要有气势！"老师教我专业门道，"我要看到'我想上你'这种表情！"

我拼了命转圈圈一路奔向他。

"我的表情这次对吗？"

他叹了气："我看到'我想杀你'而不是'我想上你'。"

那天我不知为何一直处在被侵犯的脆弱及愤怒中。我不懂，明明身体距离的问题不困扰了，却一直觉得被侵犯。我在车上怒，回到家气也消不了。

我终于发现，我的脑子已经教育好我的距离感必须调整，但没料到气味。

我们跳了两三小时，他的古龙水混着他的汗水与我的汗水，整层包覆我全身。那个气味分子渗进我全身打开的毛孔，就像陌生人顺着气味蹿进并且入侵了我的身体。

厕所

　　我一烦就把自己关在厕所里，坐在马桶上发呆，有时候头夹在两膝中间喘息，有时候往后靠在储水箱看天花板上的通风机。

　　把门锁起来，这一小方室内，压迫性的四墙与天顶，对我来说却是受用的，像是被谁紧紧地拥住保护。狭小而紧密，只有我，我感到很安全。

　　这里绝对没有人会进来，也没人想进来。这样很好。

　　连串的会议行程中，接不完的电话间，或是在咖啡厅突然看到满室的客人感到惊慌，也许是与友人餐会当中突然想要静一下。我会站起来说要补妆，满怀期待地走到厕所，躲进去。有的地方布置等身的大镜子，还有香味，有的地方则是冷白简单，只要干净就好。有时候我把脸贴在灰冷的厕所墙壁上，轻轻用头敲着，用这种方式按摩疼痛的太阳穴。

　　只要一个这样小小的独处的空当，我便获得安慰，便能继续了无生趣地忙碌与说话。

　　我小时候就喜欢躲在厕所。在卧室里长辈随时会进来打断我的发傻，在客厅里不免要与父母聊天，走到餐厅还必须应付他人走动。只要进了厕所，就没人来打断。我蹲坐在里头，其实一点想法也没有，一个人静静地微笑起来。小时候住的透天厝，厕所就在天井边，阳光从窗户照进厕所，温暖透亮。我在里头蹲到脚麻，换个姿势站着，干脆直接坐在厕所地上享受这午后时光。

我后来把书本、图画册，还有可乐以及小饼干，像是行李似的，全部全部搬进午后的厕所。

我蹲坐在马桶边，读书，吃饼干配可乐，把脚伸直，头靠在墙壁上吃吃笑地幸福。书读到一段落，就拿着彩色笔趴在马桶旁的地上画图。

一次碰到灾难。当我又在厕所里享受独处时光的时候，一只超大的蜘蛛爬行墙上。我吓到脑子一片空白，看着那黑色的巨大的长手长脚带毛的蜘蛛，先是发不出声来，接着尖叫停不下来。这样侵略性的可怕生物。我大概尖叫到夸张惊人的程度吧，奶奶在厕所外面敲门，我喘着气打开了我的小厕所的门。奶奶一眼见到引起我发神经的大蜘蛛，拿起脚上的拖鞋打下去，那大蜘蛛在白色瓷砖上迅速爬行，奶奶眼明手快地再接再厉，痛下杀手，站进厕所，英气勃发，一下又一下地，那蜘蛛就被奶奶打到角落里微微地抽搐。奶奶一下，再打一下，狠狠地准确地用力地，那大蜘蛛蜷缩起来，死了。我傻傻地望着，脸上都是眼泪，嘴巴开开的。

奶奶打死了蜘蛛，停了口气，看着吓傻的我。

然后奶奶突然发现厕所里的配备：童话书、图画本、彩色笔，旁边还有食物。

"你竟然在排泄的地方喝可乐吃饼干……"奶奶不知道是不是吃惊过度以至于无法斥责我，瞪大眼睛看我铺满厕所地上的小东西。

奶奶气得走了出去。

我蹑手蹑脚，收起厕所里的小饼干小瓶罐还有书本，抽抽噎噎地走出厕所，根本不敢看角落已经缩成一团的可怕蜘蛛尸体。

因为太害怕蜘蛛，我好一阵子不敢一个人躲在厕所里。

上了小学之后，厕所变成女生的亲密空间。

只要好朋友站起来，对着教室里的我撇撇嘴，我便乖乖地跟了去，一起上厕所。有时候两人，有时候三人，挤在小厕所里说话。

有一次我们三个小女生挤在厕所里说话，并且轮流尿尿。轮到长发辫子公主的时候，我们还在交换着班上帅男生的动态，公主说话了："你们两人要先出去吗？我……我想要大号。"

我跟另一个女生顿了一下，说出不同的答案。

"没关系我们一起陪你大号。""我们先出去好了。"

那长发女生憋着便便不知如何是好。

她忍不住开始上起大号，因为太臭，其他两人还是忍不住开了厕所门冲出去，男生的话题也搁在一旁。

我总是忍不住在工作中途把自己关在办公室厕所里发呆几分钟。有时候我会带小说进去，但就搁在卫生纸卷上，也不看。

也有喝醉想吐的时候，在酒吧里的厕所，忍住呕吐的冲动，玩起洗手台上的香氛洗手液。

一次艺术界的年终聚会，我上完厕所与一位有着长睫毛大眼睛美丽如同卡通人物贝蒂娃娃的姐姐说话。我们两人一同洗手，一同在烘手机下等待。

"你看到那个可怕的更年期女艺术家了吗?"漂亮姐姐眨着大眼睛夸张地问我。

"什么?你说什么?她应该只是把头发染成红色并且减肥成功了吧。"我一边搓手一边想弄平我新剪的刘海。

"你真的是笨蛋嘛,她整容了!"

"什么?整容?"我想了想,"只是割了双眼皮吧。"

"不只啦,你是真瞎还是假的,鼻子也垫了,皮也拉了,你没看到那个割了双眼皮的眼睛简直要吊到鬓角去了。为了追男人啊你不知道吗?"

"你也别这样讲,上了年纪的女人爱美也没什么不对,减肥整容追寻真爱,很美啊。"

"你这个笨蛋,要六十岁了把自己搞成这样子像不像样。你以后要是把自己整成这样我一定捏死你。"

我没吭声,开始拿起化妆包重新画上眼线,扑粉。

"你又不知道她一定是整了。"我涂上口红忍不住回嘴。

"你这个没见过世面的笨蛋,就是整了嘛,把自己弄得笑没办法笑的怪样……"

我一直以为这饭店厕所只有我跟漂亮姐姐,没想到斗嘴到这时,突然听见里头有间厕所的冲水声。

"没格调没有美感哪,整成那样子……"漂亮姐姐还在说,那冲水声中一间厕所的门打开,正是那个染了满头红发穿着紧身裤的女艺术家走出来。

她显然在里头听完了我们整段谈话。

我拼命扑粉，漂亮姐姐拼命涂口红。

她走到洗手台，卡进我跟漂亮姐姐中间，扭开水龙头，抽纸巾擦干手，正眼也没看我们俩一眼，走了出去。

我瞪了漂亮姐姐一眼，漂亮姐姐耸耸肩，吐了吐舌头。

钢琴老师

我四岁开始学琴，是十分鲁钝的那种孩子。第一个老师教我之前都会先示范弹一次，我根本不认真，但是音感记性很好，因此她弹完之后，我很快就可以在琴键上重复弹出同样的东西。当然初学者的小曲子旋律与结构都非常简单。就这样弹了一年之后，曲子愈来愈难，愈来愈复杂，已经超过我的记性可以负荷的范围，我一直出错。这时候老师才惊愕地发现，我学了一年其实根本不会看谱。她呵斥了我一顿，可能害怕我妈发现付学费付了一年，女儿其实连谱都看不懂，紧急地重新教我识谱。

钢琴老师都好凶，不管结婚没结婚的，她们都有卷卷的波浪长发。

我常常换钢琴老师，妈妈发现我没进步就会帮我物色新的老师。

老师认为我应该每天练琴三小时，我妈就拿着闹钟要我坐在钢琴前练习三小时。我常常不耐烦，乱弹电视上听来的流行歌曲，自己胡乱加上伴奏或是间奏，这时候我妈就会出现，喝令我不可以胡闹，要认真练习。有时候我会偷偷溜下椅子，在客厅里晃来晃去，倒在沙发上。有一次我将红花油倒在钢琴椅上，形成一块浓稠斑驳的丑陋色块，我说这样子的椅子不能坐了，因此无法练琴。我妈二话不说，叫我坐上去，继续练习。

另一个很凶的钢琴老师开始教我，她有大大的眼睛，卷卷的头发，每次上课都穿着不同的订制小洋装。我在弹的过程当中，如果她觉得不满意或是我的弹法不对，她会立刻要我停下来，骂我，或用藤条直接抽打我的手背，有时候是直接用圆珠笔或是手指头戳我。

我停下来让她骂我，骂完之后她会叫我从刚刚停下来的地方继续弹。我被她骂到自尊全无，凶到自信全失，每次都想哭却好强地忍住，因为哭了就输了，这是小孩子唯一反抗老师、保存自尊的方式。被凶完还要继续弹，在这样的情绪之下，就算是在家练习好的曲子，也会因焦虑紧张弹得乱七八糟。一弹错，她又开始骂我，骂完要我继续，我因为紧张又弹错，她又开始骂，骂完我又弹，又不好，她又开始骂。

我总是沉默地挨骂，我怎样看都是普通的、发不出亮光的小孩。

每周一次的钢琴课，形成一个弹错与挨骂的循环。

想起来这可能是我天性的一部分，习惯安静地被骂，不反抗，晚上偷哭，久了便认同老师与我妈的说法，这一切都是因为我的错，都是因为我不够努力。

我偷哭的时候想过，这一切可能不是因为我不够努力，也许是因为我没有才能，到底哪一点比较悲惨呢？

我怀着压力与心事沉重地过着日子，可我已经被骂这样久了，往后的人生就要一直这样下去吗？

年纪小小的我，在长期的压力之后，有一天抱着慷慨赴义的精神去上课。我安静地进门，小心地把琴谱摊开在架上，我坐上琴椅，她叫我开始弹，我不动。

我小小声说："老师，你可以答应我一件事吗？"

她见我不弹琴，怒气正要涌上来，没料到沉默的小孩开口了，她只好忍回去，说："什么事情？"

我的声音虚弱但是坚定："我等下会开始弹，但是请你答应我，我开始弹以后，在我把整首曲子弹完之前，不管我弹错，或不好，都请你不要中断我。等我弹完后，你才告诉我哪里不对，好不好？"

我看到她眼睛圆睁，感受到她的怒意起来又下去，她哼了一声："好。"

我悲壮地开始弹，那圆舞曲嘀嗒嗒、嗒嗒嘀的，终于我第一次从头到尾弹完一首曲子。

她有种体悟似的沉默很久。

然后她开口："你一点都没有犯错，但你没有感情。"

我点点头。

这好像也是我天性的一个部分了，我长大后的人际关系仿佛重复这个模式。不懂得人家对你哪些东西是合理的，哪些是不合理的，委屈、挨骂或是不舒服，总是沉默，久久以后人家都觉得这个互动成形了，很自然了，我却站起来，决裂走开。

在钢琴之后我还学了长笛与南胡，但是已经没有办法听任何古典音乐了。后来的许多岁月，只要音乐响起，我的耳朵与心会自动关上，紧紧地，确保那些音符一点点都进不来。

Track 49
艺术史之诚实课程

电影院放片子前都会来几段新片预告及一些社会公益性短片，像是某种进入状态前不必然有效益的杂乱暖身操，看过即丢弃。但我到现在还对 20 世纪 90 年代电影上映前的一部公益短片耿耿于怀，嗯，不舒服的感觉耿耿于怀，也不知道还有没有人记得。如果真的没有人记得（这种公益短片本来就注定了不可能占据人类存储器空间），还真有点死无对证的哑口。

老师带着一群小学生户外写生，他们登上一个小山丘，看着前方不远处的都市家园。灰蒙蒙的，这都市笼罩在废烟面罩中，一栋栋粗糙威猛的高楼没有盘算地这边凸起一些，那边攻占一点。一个工业与商业混杂的求生之地，大量的经济活动与工业发展轰隆隆地正在运作中，活力的工业建设与求胜之人在这里拼命与赌注。那城市的外表如一个灰黑相间的驳杂色块模型。

这是写生课，老师要小朋友们拿出画板与画笔，画眼前的景象，主题是"我们的家园"。

末了这一群小朋友吵了起来，小明与小美争论着究竟谁画得比较好，吵到最后只好请老师讲评。

老师看着小明的画，巨细靡遗地将眼前工业烟雾围绕高楼的都市面貌如实画了下来，颜色和景物几乎重现画面之上。

接着看小美的画，上头是个绿草如茵、蓝天白云、小溪潺潺流过质朴美屋的彩色画面，跟他们眼前所见的那个都市一点关系都没有。

老师的结论是："小明画得很写实，但灰灰黑黑的，一点也不好看。小美画的才是我们心中美好的理想家园。因此，小美画得比小明好。"

这个推论的过程与结论，让我瞠目结舌地坐直了身体。

那干吗还要写生？

这个问题我到现在都还想追问那老师及那愚蠢的编剧。

也许，这是艺术史的问题。

简单来说，摄影术发明以后，绘画存在的意义再也不是记录现实景貌。那么，绘画是什么，艺术家是什么，定义上有很大的改变，这也成为艺术家们追求的命题。一个创作者存在的意义，于是就这样，从描绘"世界是什么样子"，变成借着作品表达"我所看见的世界是什么样子"，现代主义之后，更进一步成为"我要读者（观众）看到什么样的世界"。

如果从艺术进程的角度来看，小明与小美分别代表着两种不同的阶段与思考。小明忠实画下了外在世界的模样，而小美，画的是她幻想中的理想世界。

但我不信这个老师出自艺术的思考，认为小美画得比较好，要不然根本不需要出门写生，在教室或家里画理想的家园就好。在我看来，这单纯是鼓励睁眼说瞎话，尤其是要睁眼说好听的瞎话。

明明我们家园到处盖桥盖大楼，搞得雾蒙蒙，你一定要对长辈说，我的家庭真美好，整洁和乐又安康，长辈才会认为你是好孩子。就像大家都看到国王裸体，但你若直接说国王没穿衣，你就完蛋了。

从这个角度看，这老师上的是一堂社会化课程，不是艺术课。

我记得高中时老师也曾叫大家在周记上写下我们对学校的看法。我笨到老实地写了几页。结果我被戴着厚黑镜框的干瘦秃头男老师叫去，看着他把我几页的周记全撕下来，他告诉我，不可以写任何批评文章。

后来那两三年我根本写不出任何东西。每次写东西，我本能地贬抑自己的感觉，压制真正的想法。我专注在绞尽脑汁写一篇大人喜欢看的文章，可以得高分的文章。后来也琢磨出了模式，主轴不外乎是人间有情，世界温暖，未来充满希望，我们只要保持正面力量，未来大有可为，必能创造出崭新的社会。

小棉被

我问过好几个朋友才发现，原来我们小时候都有小棉被。

每天抱着不放手，要闻到小棉被的气味，手指搓揉着小棉被角角的特殊触感，身体会升起奇特的快感糅合着安全感。小棉被一旦离身，便不对劲。上床更要抱着、闻着、搓着它，才能睡觉。

我上瘾的是小棉被，我弟弟上瘾的是奶嘴，我运气好太多了。

弟弟时时刻刻含着奶嘴，上幼儿园回家第一件事就是直奔祖母的抽屉，猴急地把奶嘴放进嘴里用力吸吮。积压整天的焦虑解除，脸上浮现满足与真正的松懈。好景不长，弟弟上了小学，放学回家仍快速直奔整天不见的皱皱奶嘴，那种神奇表情触怒了父母，他们认为弟弟该戒奶嘴，该从小男婴转型成小男孩。

可弟弟戒不掉。上小学后仍是一放学就找奶嘴，吸着吸着露出可爱温柔的笑。

几个月之后，弟弟放学照例往前冲时，发现爸爸拿着皱皱黄黄的奶嘴早等着，表情坚决冷然。我爸爸当着弟弟的面，将那个皱皱奶嘴，从阳台往外扔。

弟弟看着奶嘴循抛物线飞上天又下坠，小小的脸惊慌扭曲，开始号哭，真是天崩地裂如丧考妣。

还好我上瘾的是小棉被，不是奶嘴，不会太触怒大人。

小棉被摸得愈脏愈黄，愈是舒服好闻。

我无法形容闻着小棉被的那种亲密与安全，就算在紧绷中，身体也会出现欢愉，舒服的感觉一再升高，终至放松疲软。

我妈发现我的小棉被脏兮兮，硬是要丢掉，我呼天抢地，她匪夷所思，争夺半天她放弃，却在我上学时把小棉被扔了。回家之后我惊愕痴呆，我妈很得意地拿了一条新被子给我说，新的不是比较干净卫生吗？

我很有毅力，每天使劲蹭着新被子，新被子逐渐开始旧黄，开始有了我熟悉的气味，于是，小棉被又回来了。

上厕所带着，吃饭带着。上了中学大学，在外过夜，因为没有小棉被，没办法睡。

气味好神奇。

人与人之间也是靠气味决定一切。喜欢哪个人，关键在气味。你没办法跟气味不对的人结合，只是你不懂，你会说个性不和。常在一起的女生会彼此交换气味，气味分子趋同，让彼此的经期趋于一致。

我有时候会在男生身上闻到外婆的气味。

我的哥们儿说他在法国读书时，有次街道上闻到一个气味，那是小时候家里烧金纸的气味，但在巴黎根本没有纸钱哪，他就是闻到，在巴黎街头流下眼泪。

其实那时候我早已长大到不需要小棉被也可以在世界各地的旅馆里睡觉了。

但我还是不能理解小棉被的秘密。那气味是什么，化学成分是什么，让我魂牵梦萦并且瞬间安全。

直到跟猫咪相处十年我才突然弄懂。

我依赖猫，以为出自母性与责任感。

有次出远门回家，我开门立刻奔向猫，把脸埋在猫身上闻着嗅着，搓着揉着，然后我被自己吓到了。

我眷恋猫的方式，正如当年我对小棉被。

猫初到新住所的行为瞬间浮上眼前。美丽肥胖的猫，用耳后不断蹭着，将身上的气味，沾在桌脚、沙发、柜子及每样家具上。然后猫才觉得安全。

我终于懂了。

小棉被的气味，其实就是我的体味。

正如猫以体味标记势力范围，我的体味让我安全放松。

随着长大，之所以不再需要小棉被，是因为人的注意力从自身向外转移，我们需要的安全范围愈来愈大，确认势力范围的方式，也从最原始的体味，逐渐转向人际关系、金钱、成就，以此标记安全感与空间大小。

我的猫怎么会不知不觉中取代小棉被呢？

哎呀，怎么不会呢。

十几年来每夜与我同床，猫在我的胯下腋下脚边腹肚睡觉，我们的气味早就混融趋同。

嗨，小棉被，我笑了，轻轻唤着猫。

第一次

　　我人生的第一篇文章是写"间日记"。上了小学，领了封面印着"间日记"三个字的作业簿，七岁的我根本不懂，只听过日记但没听过间日记，后来才知道原来每周一三五交、间隔一日写下的日记叫作间日记。小学生在本子里写生活感想，交给老师改正发回。

　　刚入学我还不习惯小学生的作息，晚上该写作业，我却老转头透过窗户偷看奶奶正在看的连续剧，东摸摸西摸摸，直到连续剧演完，一个字都还没写，才开始默默地做功课。我不是很记得那篇文章完整的内容了，只记得自己本能地写了篇感伤并且通篇像唱歌一样语调的小文章，结尾是："秋天来了，风儿吹了，叶儿黄了，我愿像落叶一样随风飘零。"第二天我被叫起来罚站。老师当着全班的面骂我："明显就是抄袭大人的文章，年纪小小就投机取巧……"我当时没感到太大的羞辱或委屈，因为老师说的话我听不太懂，对七岁的小孩来说，抄袭、投机取巧这些字眼都显得太难以理解，但我模糊地知道老师谈到的耻辱这字眼是什么意思。老师罚我站着上课我就站，下了课还是跟同学一起东跑西跑，不觉得事情有什么严重。

　　回家之后我不经意地说了上学时发生的事，我的家人显然不觉得这事情不严重。我父亲打了电话，告诉老师那篇看起来悲观缥缈的文章真是我写的，因为前一天晚上是他亲自看完我的作业与文章，才让我上床睡觉，并且，飘零的零我不会写，还是问他的。

第二天我又当着全班的面被叫起来站着，老师这次从头到尾朗读了一遍我写的文章，然后说："这位同学写得很好。"要小朋友鼓掌。

上了初中以后，我第一次写诗，那时候根本也不懂诗到底是什么，反正老师指派，我仍靠本能狠写一通，得了校内的奖。

下课时我在走廊发呆，隔壁班的老师对我说："你那奖，不过就是小孩子学写大人话。"

我第一次转学，进了明星学校的明星升学班，同学都有种杀气与现实，我像猫到了新环境，胆怯焦虑。第二次期中考我考了第一，数学老师发现这次不是她钟爱的资优生得第一，当众说："就是题目太简单了，让那些程度差的转学生拿冠军。"

我此生对老师这种人类，再也没有好感。我很小就立志，不嫁老师与医师，他们手上都握着与我们不对等的权力，以此欺人还有莫名其妙的优越感。

同时一种情结在我心里形成，我觉得任何第一次对我来说，都是失败、不吉利的。我也对展露自己有着极大的恐惧，觉得我只要失去警戒，太过表现自己，露出真正的情绪与想法，就会被讨厌。

第一份工作肯定表现不出色，要不就是待遇有问题。第一次约会一定发生不测，米白纱花拖鞋踩到狗屎。第一个男朋友劈腿。第一次染发结果看起来像路易十四。第一次表演，脚趾头跳断了。第一次失业坐吃山空。第一次演讲，准备好的讲稿刹那之间全部忘光。第一次开刀，手术途中麻药就退了。

我逐渐怕使用全新的东西，柜子里最精致漂亮的崭新瓷器，我还没伸手去拿就预见失手打碎，反正第一次总是搞砸。计算机、手机、皮包，我都倾向去拿旧的、磨损的、有裂痕的，那代表这东西不是第一次被使用，我的焦虑会突然消失，觉得稳稳当当，再也不会意外横生。我看着心爱的人怎样都开不了口，跟还算可爱的人打打闹闹。我渴望的东西要摔坏或缺角后，我才相信会属于我。

只是，唯独感情，我仍有模糊的执念，仍然期望有什么从头到尾都是我的，并且不会碰坏。我想我仍然不能坦然接受，到这人生关头，降临的关系都是彼此与命运无可无不可妥协的结果。

我看见新买的靴子不知道什么时候刮了一道痕。没关系，我噙着眼泪给自己打气，第一次都倒霉，第二次就好了。

Track 52

离家出走

我盯着砂锅里的地瓜稀饭，冒着热气，全身警戒，一动也不动。

没这么快熟，这样在炉前罚站也没有意义。我走到客厅瞄瞄电视，抹抹桌子，沉不住气又走回炉前，打开锅盖瞧瞧，又盖回去。

这锅稀饭让我焦虑，我盯着它，有什么不太对劲。

我按捺不住，拨电话给厨艺一流、人在天母的画家好友。

"那个……你上次教我煮地瓜稀饭，就把生米、地瓜切一切，和水放到砂锅里煮就好了吧？"我生怕他嫌我烦、嫌我笨，轻声问。

"对，通通放进去，慢火煮到熟就好。"他听起来很冷淡，我想我打扰到他写字画画了。

我不知所措，咬着嘴唇不说话。

"你打电话来到底要问什么？"

"我……那个……"我终于说出来，"地瓜煮熟后，就会自己变成橘黄色吗？"

他吸了一口气。

"你现在放在锅里煮的东西是什么颜色？"

"蓝紫色。"

198

他不说话。我也不说话，可眼眶红了。

"虾子煮熟会变橘黄色，地瓜不会。"

"嗯。"我的眼泪滑下来，"好，我知道，我只是需要你确认一下。"

接下来两天我面对一锅蓝紫色稀饭，负责任地想吃掉它。食欲这东西很奇怪，暖暖的橘黄色就是比寒色系的蓝紫色容易吞咽。

多年前我收拾了几件衣服与计算机，回头跟我父亲说，我出去住个两天。

我那严肃的父亲好像意识到什么，开口问，只有两天？

我匆匆穿上鞋怕他阻挡，稀里呼噜地说，也许更久一点。然后就跑了。

那之后我开始六年的一人生活。什么都从零蛋学起。

我要过精神与物质上都能工工整整、自给自足的生活，一个人也能成家。我不要那种宿舍式的光棍日子，那像等着下一段美好人生开始前的过渡期。

杂志上写，计划规律的生活作息，自己为自己下厨，自己操持好家务。我做了笔记。

没关系，就算我是家事弱智，勤也能补拙。虽然，什么都好陌生，而我常感到怯懦。

我观察到微波炉里有一点一点的棕色痕迹，很纳闷。

我跟男生朋友喝咖啡，忍不住告诉他我对微波炉的新发现。

他的脸色开始变化，仔细看着我："那个一点一点的，是你微波食物时溅出来的痕迹。"

"啊！真的吗？"我恍然大悟，觉得他好聪明，咧嘴猛点头，"对，太对了，我怎么没想到，那是食物痕迹。"

我问他："那现在该怎么办？"

他说："擦掉它。"

我欣喜若狂："用布吗？哈哈哈，原来微波炉需要清洁……"

那男生差点喷出嘴里的咖啡。

有次冬天晚上洗澡，突然水不热了。我冷到快哭出来，用浴巾包住自己，穿上大衣，跑去敲住在同一社区的好友小琪的家门。

小琪跟她男友开门，我一边抖一边说："可以让我在你们家洗澡吗？"

洗完后我们在客厅喝热茶。

她的男友问："怎么了？"

我说："热水器坏掉了。"

她的男友又问："怎样坏掉了？"

我说："就水突然不热了。"

她的男友说："可能只是没电了？不一定是坏了。"

"啊电……"我瞪大眼睛嘴巴大开十分震惊，"电……你说电……热水器要用电？"

"啊你……"换成他们两人瞪大眼睛，指着我，"你不知道热水器装电池？"

我力持镇定，头低低的。

可我又忍不住："电池……装在哪里？"

我每周固定打扫。使用吸尘器的时候，发出轰轰轰的振动声响。我的小小猫很害怕，盯着轰轰轰的怪物，露出警戒状，又怕到躲起来。我吸完地，关掉吸尘器。小小猫躲在墙后观察很久，终于往那静默的怪物谨慎前进。然后小小猫倏地往前疾冲，跳高起来，伸出小猫掌，啪啪啪啪快速狂打吸尘器耳光。

打完后小小猫得意地离开。

我放声大笑。小笨猫，跟妈咪一样笨。

六年后我搬回家，趴在地上抹地板，换灯泡，煮汤。我的父母在沉默中交换不可思议的眼色。

我到隔壁他们的屋子时，偷听到父亲低低对母亲说："她是不是一个人在外面住太久，脑子坏了，我刚刚过去看到她一直趴在地上跟猫讲话……"

前女友

我们变成哥们儿好多年后，有次我问他："你第一次跟我单独喝咖啡，当时是想追我吗？"

"是啊。"他大笑。

"真的吗？"我狐疑地看着他，"那你为什么一直说你前女友的事情，还拼命说你多爱她，分手后你多凄惨？"

"通常，这招很管用。"他吞了一口啤酒："女生会觉得我们彼此的距离拉近了，会有种亲密感与信任感。"

我瞪大眼睛："真的假的？"

他点点头，过了一会儿，换他瞪大眼睛了："你是说……那天我就出局了？"

我头垂下来，没敢吭声，先是哼哼然后嘻嘻笑着。

"真的假的？"他问。我站起来捆了他的后脑勺："你一直讲你多爱你前女友，你觉得我弱智吗？"

我们安静了几秒钟，两人放声大笑。

"原来我对你用错招了啊！"我们碰了杯子干杯，他笑不可抑，"奇怪，通常这招不会不灵的啊……"

一个男人如果不爱他前女友，我根本不信任他。可一个男人很爱他前女友，我第一个反应是拔腿就跑。

"你有病！"兄弟们骂我，"你去哪里找一个没有前女友的男人？你这样子跟古代男人的处女情结有什么不同？"

我耸耸肩。

兄弟喜欢讲他们交往过的名女人。摄影师说他年轻时是某位艺人的初恋。那时候那艺人尚未成名，在夜店驻唱，他听那女生歌喉极具爆发力，深受感动，他知道她日后一定走红。他们轰轰烈烈，交往受到反对，那男生又说，唉，其实是自己不够好，配不上她。

她真是个好女孩，那男生这样说。

后来我发现，他几乎跟每个人都说过这段。

还有一个写字的男生，他学生时代跟一个歌星交往过。他说他为了这女生不顾一切，他也用了轰轰烈烈这词，他的恋爱也遭到反对，两人的恋情也绚丽悲壮，他们也不惜与世界为敌。他叹了一口气，他到现在仍会想起她。

我挑起眉毛问："这么爱，那为什么会分开？"

这种故事好像都不能问后来，男生不喜欢承认是自己甩了对方，这样子必须解释自己为什么劈腿，要不然就是承认自己没有眼光。男生也不喜欢承认是女生甩了他，这样没面子。

"很复杂，你不懂的。"这是标准答案。

我疑心这是一种模块化的暗示或意识移植，让女生觉得，他的女友都是明星这等级的，如果自己加入这个模块或集合，某种程度，自己也是那种类型的。除了明星，男生也常使用空姐或钢琴家或教授或女强人，默默地植入关于美貌或是才华或是财力或是智力或是成就的不同模块化暗示。

想想也不能全怪男生，女生们在聊天的时候，会有人说起某男生："你知道他以前的女友是空姐耶！"然后大家会哇一声，那男生就立刻加分许多。偏偏我心里的独白常常是："所以呢？"就像有的女生会告诉正在追求她的男生，她之前的男友是富二代，是美籍华人，是博士，或单纯是"我以前的男友对我很体贴"，他会如何如何，某种程度是说"如果你想追我你也必须体贴"，并且也要如何如何。

小美有天跟我说她的哥们儿，那男生是女人缘极好的建筑师。那男生谈心的时候讲起前女友是某美艳女明星，两人克服年纪、背景的差异，你们知道的，一定全世界都反对，一定爱得轰轰烈烈，一定悲壮地分开，一定到现在都还想念。

小美说，那男人与女明星之间是真的相爱。

我打了呵欠，问小美："那男生交过的女朋友不是一卡车，有超过二十个吧？"

小美点头。

"那二十个前女友里，只有这个女明星是他唯一真的相爱的？"

小美迟疑了，重复："他们是真的相爱。"

我问："那其他的十九个都不是真的相爱了？"

小美本能地疑心我要攻击她的好友："话不能这样说……"

"嗯。因为他只跟你说过这一个真爱，对吧。或者他跟你讲过其他前女友，只是刚好讲到这女生的时候，他会强调他们是真的相爱。"

我忍不住："然后，只是刚好，真的只是刚好，她是女明星？"

小美不说话，我猜想她一定觉得我是坏人。

怕狗

　　我母亲怕狗，是那种莫名其妙、没有理性可言的怕，就像有人看到纽扣会整个抓狂一样。路上有狗大老远地晃着，她便微微发抖，喃喃自语，绕路而行或站在路上怕到不动。

　　我还是幼童时她便告诉我狗可怕，路上有狗出现，她便呜一声悲鸣，先往旁边闪，然后想起什么似的用力拖着我一起逃。母亲是这样的，她总要你喜欢她喜欢的，要你讨厌她讨厌的，要你爱她爱的，要你憎恨她憎恨的，她不想要的你都不可以要，她不飞你想飞的话她便剪了你翅膀。

　　因此我也怕狗，很怕很怕，我根本还不认识狗就怕狗了。

　　我幼时有一条大红喇叭裤，跟大人去热闹的场合，便会换上大红喇叭裤出门。有一次过年假期全家到住在仙洞的姑妈家，两家人与那个社区的孩子、大人，都在那社区广场的树下聊天。那是个有趣的社区，环着广场周边都是住户，大家在广场边晒太阳、说话。

　　我穿着大红喇叭裤，自己走开，沿着那个广场晃荡，东张西望像户口普查似的看看这家人的窗户、那家人的桌椅。晃着晃着，在一家人面前停了下来，我开始发抖。那家人养了两只白色北京狗，正伸着湿湿舌头哈哈喘气。

　　我全身紧绷，拖着脚步，想安全地走过那两只小白狗，但恐惧让我脑子一片空白，最后僵直地站在两只狗前方，跟它们对视。几秒钟后，我的求生本能发作，转身拔腿就跑，可能是肾上腺素分泌反而刺激狗，两只狗发疯似的狂吠，追杀我。

广场周围的大人们发现了，我开始听到男人的声音大喊，狗在追小女生，也听到女人的惊叫，我没命地奔跑，绝望地听到那狗吠声离我愈来愈近，然后一切都结束了。狗跑赢我，两只狗一跃，张嘴狠命咬住我的屁股，我会知道是因为屁股的疼痛，以及狗吠声突然停止。

本来广场周边惊呼的大人，突然安静下来，没想到，接下来爆发的是一阵阵大笑。

那画面太荒谬。

两只长毛飘飘的白色北京狗，整齐地腾空离地，整齐地张嘴咬住小女生穿着大红喇叭裤的屁股。屁股有两瓣，两只白狗一边一只。

笑坏了的狗主人走到我身边，把两只狗弄下来。一个笑不停的女人把我牵回家人身边。我的家人也在笑。而我放声大哭。

此后我怕狗就再也不是莫名的恐惧，而有了真正的基底与原因。

我跟母亲一样，路上看到狗就绕路而行。

好多好多年。

有次半夜回家，遇到也正要回家的弟弟一起走。远远地我看到一只狗在家门口，停下脚步，开始发抖。

我抖到说不清楚："狗……狗……"

"狗有什么好怕的?!"我弟忍耐地问我。

奇怪的是,母亲与儿子的互动大不相同,我母亲怕狗,我弟却从来没受到影响。他对宠物与小孩极有魅力,走到哪里狗猫小娃儿都会黏上来。

我对我弟绝望地摇头。

我弟拉住我,不准我逃跑,逼我站在那只狗面前。

"狗跟人一样,小姐,人有好人,也有坏人。每只狗也有不同的个性。"我弟弟像个大男人,沉稳、耐性、强势,"你要做的不是害怕,你要做的是分辨。你要懂得分辨这只狗是友善还是凶恶,跟友善的做朋友,离凶恶的远一点,跟对人的道理是同样的。"

"怎……怎么分辨?"我快哭了。

"你对人怎么分辨的?"

"你……你……"我语无伦次。

"小姐,看眼睛。"我弟弟把我的头扭回去,"你现在好好地看着这只狗的眼睛。"

我的好奇心终于战胜恐惧,迟疑地盯着那只狗,我看它,它看我。

神奇地,我全身一点一点地松了。

"感觉到了吧,那是双友善的眼睛。"我弟感受到我不抖了。

我对狗长年的恐惧,一夕之间突然痊愈。

Lane 86（86巷）

台风夜外头大风大雨我们却怎样都不想回家，挂在吧台上，吧台客眼前一人摊开一张纸，拿起笔玩接龙。

一元复始。屎尿横流。流金岁月。月满西楼。楼下无人（打混）。人尽可夫。夫复何求。求生不得（还是打混）。德高望重。纵虎归山（什么东西啊）。姗姗来迟。大家趴在吧台咬着笔。

昏黄的小酒吧"86巷"，我们在这里偶遇，我们是外面世界容不下的废材，我们是一群被提着脖子送进社会但是还没准备好长大的人。像城市里一群无主游魂，我们每晚在这边笑闹赌气喝醉恶作剧，在这边过人生的长假。

我人生正盛的七八年在这边。那个时候，如果有天晚上，我们不能来这里打发时间，看不到熟悉的屁股，多么恐慌。

我们不在乎大家白天做什么，也不曾真心要了解彼此。这种距离与漫不经心反而珍贵，没有什么深刻的联结，各自处理自己的迷惘，不需要直视痛苦也不需触碰血肉模糊的伤口，这种距离反而适合作伴。

昏黄灯光与酒精，满出来清干净又满出来的烟灰缸。

多么寂寞，多么辉煌。

圣诞节、情人节与跨年夜，我们从四面八方游来。女孩们一排占领吧台，节庆仪式，先来一排龙舌兰单杯，手背抹盐舔舔咬柠檬,一口干掉。干掉之后再一轮单杯,再一排龙舌兰鸡尾酒,雪碧加龙舌兰,杯垫盖住杯口往桌上大力一放,碰声四起气泡上蹿,精光之后大家继续喝平常的威士忌和啤酒,这种排场明摆着就是求死过节。

我从厕所摇摇晃晃出来时大家刚好喊新年快乐,吧台边边的德国人汉斯应景地说,新年快乐。我对他吼,你骗人,新年根本不会快乐,明年根本不会比今年快乐。

第二天晚上,我们还是来报到,没事一样。

幽灵一样夜半才现身,开车快到乘客在大安区就晕车的老板,冷冷又幽幽地说,你们这群女生昨天喝醉了。

我卖乖地说,就算喝醉我也是乖乖上厕所,回自己位子睡觉。

老板说,你是上厕所出来就乖乖趴着睡,问题是,你每上一次厕所,出来就跑到不同桌睡,这里每一桌你昨天都睡遍了。

我记得拍电影女孩,她拿拖鞋放耳边当手机用。

我记得两个瘦扁的台大高材生,喝醉了爬上吧台唱德国国歌。

我记得中年杨大叔,喷女生香水,圣诞老人那样请吧台客喝酒,他喝得不多,劝酒一流,把所有年轻人灌得想吐。

一匹狼彪哥,指挥大家唱老歌。

一个陌生女孩吃了锂盐口干,喧哗中没人发现异状,汉斯默默地一直添足她的水杯要她喝下。女孩恢复后,想解释道谢又尴尬。汉斯说,没关系,我有经验。

一家情绪化的店。

一种彼此轻慢却像互助会的权宜义气。

我与新交的男友有天约会，晚上到淡水散步，风吹来的恍惚中，我极度想回到店里，瘾头似的。

分开的时候，他亲我的额头，他说要去实验室拿资料然后回家。我确认他走，然后飞似的伸手招出租车奔到店里。上了吧台我看着熟屁股，傻笑并觉得安全。

正当我听笨蛋与女孩互闹，吧台出现熟悉的声音："一瓶啤酒。"我猛地回头看见刚道别的男友，一口酒喷了出来。我们瞪着对方，心虚又恼怒，作贼与捉贼两种心情交替。

你不是说要回家吗？他的单眼皮看起来好凶。

你不是说要去实验室吗？我回他。

这家店有一只大狗，叫 Kevin（凯文），它是母狗。

它会走到巷口，过新生南路，走到台大操场大便，又自己过马路回来。

这些年，有人来有人走，我也曾离开又回来。

"86巷"结束营业的那天，失散的客人涌回店里，狂喝烂醉，我们那段延迟的青春真正宣告结束。

Kevin 常对着无人街道狂吠，店里的人以为发生了什么事，冲出去，但那暗夜街头什么也没有。

也许跟我们一样，我们总是对着暗夜空旷、什么也没有的明天嘶吼。

人说青春美好，我却怎样也不肯回到过去。现在好，拿什么交换我都不愿回到以前的脆弱狂乱。

　　然而，那个昏黄酒吧，那段透过万花筒破碎镜面看世界的时光，我每次想起，总是郑重而温柔。

Track 56

我想我明白你意思了

　　我们爱上的，都是不存在的东西，那就是为什么我们做我们现在正在做的事。诗人将老，勉力高贵，摸摸我的头。他说，瞧瞧我们变成了什么，爱情的乞丐，死亡的天使。

　　他喃喃低语，我是无用之人，做的都是无用之事，此后我决定继续当无用之人。

　　诗人别说了。我明白，我写下的这一切，都是对虚妄的执着。

　　心里的那个黑洞，怎么也好不了，那应该也是假的，是基于对幻想的恋慕而生的暗影。

　　但因为我们是无用之人，我们还能为大街某个女人趾高气扬的臀部衷心微笑，为一个男人高抬的下巴发噱。

　　聪明在这世上多么不经用，善良多么容易折旧，温柔根本不合时宜。

　　这一年来一字一字写下来，原本以为是漫长的告白的，如今看来却像是漫长的告别了。

　　这样也好。

　　我的朋友东尼最近死了，他是艺术家。我们第一次见面是他从纽约来台举行个展，我想写篇文章。健谈的他说起自己的作品却扭捏闪躲，迂回地漂来漂去。我不高兴了，对他说，我很认真的，你也要对我认真一点。东尼说，我不知道要怎么谈，太私人也太难受，我又不想编一套道理去说。后来我开始写东西后也体会到这点，但那时候感到挫折。

我把房间门关起来，转身怒视。我对他说，你不说清楚，我不走，你也别想走。

这个大我二十多岁像熊一样的中年大个儿，摸摸棒球帽，看着我笑了。

东尼告诉我，他年轻时曾在纽约一家精神疗养院工作，他在里面担任类似治疗师的职务。那里的人不是可怕的杀人犯或暴力患者，他们只是什么地方坏掉了，但看起来仍然平静。回不去了，却也不会伤天害理。

有一个病人每天都去码头坐渡轮，从疗养院所在的长岛搭船到曼哈顿。他每天上船，每天又回到原点下船。

东尼问他，为什么每天去坐船？

那病人说，他听说只要往西边去，一直走，就可以到外面的世界，也许他就可以到家。

可那病人不知道，那班渡轮是固定往返于两个定点的。于是，他耐心地每天坐渡轮，只能来来回回，终究只能回到原点。

我现在还能清楚地想起东尼画中特有的、层层叠叠不规则的笔触与颜料堆积，宛如雕塑，这中间会有个小人。你见到一个小小拳击手仿佛对空打着永远看不见的敌人，你见到小小鸟雀总是飞不出那个迷丽复杂的树丛。

一切徒劳，一切都回到原点。纵使那可能多么美。

我们都一样。无用之人做无用之事。

文学、艺术、音乐，改变不了一个错误，阻挡不了一场灾难，挽救不了死亡，无法让遭遗弃之人被爱。

卖火柴的小女孩在冰天雪地里赤脚瑟缩，手脚都冻得泛青。她点燃第一根火柴时，小小柴火对她来说简直暖得像炉火。她点燃第二根火柴，墙面因火光变透明，墙内是铺有白色桌布的餐桌，上头有肥大的烤鹅，刀叉齐全。火柴熄掉，她身边只有深深的黑暗与厚厚的积雪。

小女孩点了第三根火柴，她见到自己坐在缤纷的大圣诞树下，要比她平日偷偷张望的富商家里的圣诞树更漂亮。几千个彩色灯光，当她伸手触摸，那些闪闪亮亮的灯光却愈飞愈高，飞到天空成为星星。

她见到其中一颗星星掉了下来。

有人死了。小女孩想起死去的祖母告诉她，一颗星掉下来，代表一个灵魂上去了。

小女孩又点了一根，这次她看见祖母，那是人世间唯一爱过她的人。小女孩哭了。带我走，带我走，不要像圣诞树和烤鹅那样消失。于是她点燃了一根又一根，她不能让祖母消失，拼命留住唯一的爱。

偏偏我们爱上的，都是不存在的东西。

就像卖火柴的小女孩，我们要留住幻觉，代价是死亡。

关于那些让人流泪的，爱的失落，家的幻灭，从此漂浮无依的恐惧。诗人你不用担心，我总会笑盈盈地眨着眼对大家说，没问题的。